狗神さまは愛妻家

雨月夜道

幻冬舎ルチル文庫

CONTENTS ✦目次✦

狗神さまは愛妻家

✦イラスト・六芦かえで

✦カバーデザイン＝久保宏夏(omochi design)
✦ブックデザイン＝まるか工房

狗神さまは愛妻家

我が妻、我が妻、今いくつ。綺麗《きれい》なべべを集めましょ
我が妻、我が妻、今いくつ。寝床を花で飾りましょ

春のうららかな昼下がり、童《わらわ》たちが広場に集まり、毬《まり》をついて遊んでいる。

歌っているのは、最近里で流行《はや》っている手毬唄《てまりうた》だ。誰が考え、歌い出したのか定かではないが、気づくと里中の童が歌っていた……まだ見ぬ花嫁に焦《こ》がれる、山神の唄。


我が妻、我が妻、はよおいで。可愛《かわい》いそなたが待ち遠しい

ここ、加賀美《かがみ》の里では稀《まれ》に、背中に桜の花のような痣《あざ》がついた赤子が生まれてくることがある。

この地を守護している山神が、その者の魂に惹《ひ》かれ、ぜひ嫁にしたいという思いからつけた印……神嫁の証《あかし》と言われ、その証を持って生まれてきた者は、十八歳の誕生日に山神に嫁入りする決まりだ。

前の神嫁が嫁入りしてから二五〇年。今回、神嫁の証を持って生まれてきたのが――。


我が妻、我が妻、今いくつ……我が妻、我が妻、今いくつ……

「はい。……明日で、十八になります」

唄の問いかけに、ぽつりと……愁《うれ》いの表情で答える少年がいた。

真っ白な着物と藍《あい》の袴《はかま》に身を包んだ、小柄で細身の体軀《たいく》。白い項《うなじ》が覗《のぞ》く、後ろを刈り込んださっぱりとした襟足《えりあし》。そして、少々長めの前髪から覗く、くりっとした大きな目が印象的な、年不相応《としぶそうおう》のあどけなさが残る白い顔。

片田舎の農村に不似合いな風情《ふぜい》のその少年は、名を幸之助《こうのすけ》といい、里中の家を一軒一軒《いっけんいっけん》回っている最中だ。世話になった里人たちに、最後の別れを告げるために——。

「我が妻、我が妻、今いくつ……あ！　神嫁さまだ」

こちらに気づいた童たちが、「神嫁さま、神嫁さま」と駆け寄ってくる。

幸之助は浮かべていた物憂《ものう》げな表情を慌《あわ》てて引っ込めると、無理矢理笑みを形作り、童たちに手を振ってみせた。

「明日山神さまにお嫁入りするんよね？　綺麗な白いべべ見たよ！」

「山神さま、神嫁さまのために綺麗なべべたくさん集めて待ってるんでしょ？　いいなぁ」

童たちが着物の袖《そで》をひらひらさせながら、矢継ぎ早に話しかけてくる。

偉大な山神に愛され、直接お世話できるということで、里人たちにとって神嫁はとても名誉《めいよ》ある役目だった。

また、大きな屋敷に住み、大勢の僕《しもべ》を侍《はべ》らせる山神に嫁入りした後は、死ぬまで贅沢三昧《ぜいたくざんまい》に暮らせると、まことしやかに囁《ささや》かれているため、童たちは皆、神嫁に憧《あこが》れている。

「ねぇ。山神さまにべべいっぱいもらったら、一枚うちにくれん？」

「あーずるい！　うちも！」

無邪気に強請《ねだ》られて、一瞬笑顔が崩れそうになる。

山神に嫁入りすると、世俗との縁を一切絶たなければならない決まりだったから。

「そう、だね。お許しが出たら……そうだ。今日はお前たちに渡したいものがあるんだ」

幸之助は持っていた風呂敷包みを開き、色とりどりのお手玉を取り出した。

「余った布で作ってみたんだ。二つずつお取り」

「わあ！　すごい！　綺麗。いいの？　もらって」

「いいよ。……私と、今まで遊んでくれたお礼だから」

目を輝かせ、我先にとお手玉に手を伸ばす童たちに、幸之助は黒目がちの大きな目を細め、小さく微笑《わら》う。

神嫁ということで、どうしても特別扱いされてしまう自分に、この子たちは屈託《くったく》なく接してくれた。それが、とても嬉《うれ》しかったのだ。

「うーん？　よう分からんけど……いいよ。神嫁さまと遊ぶの面白いから！」

「うん！　すごく楽しい。だから、これからも一緒に遊んでえね！」

笑ってそう言ってくれる相手に、心の中で詫《わ》びながら「勿論《もちろん》」と嘘《うそ》を吐《つ》く。

勝手な我儘《わがまま》でしかないけれど、最後に見る好きな人たちの顔は、笑顔がよかったから。

とはいえ、最初から事情を知っている相手にはそうもいかない。

「ああ……福之助《ふくのすけ》、泣くな」

最後に会いに行った、唯一《ゆいいつ》の肉親である弟の福之助は、幸之助の顔を見た途端、幸之助に抱きつき、泣き出した。

「ううう……ごめん、なさい。いつまでも、泣き虫で……。でも……福之助は、大丈夫です。神嫁様がいなくても、一人でちゃんと頑張れ……ううう」

嗚咽《おえつ》で声を震わせながらも、一生懸命強がりを言う。そんな弟に胸が詰まった。

数年前、両親を事故で亡くしてからというもの、福之助は両親がいなくて寂しい、引き取られた鍛冶屋《かじや》での修業が辛《つら》い、と毎日泣きどおしていたのに。

（お前……強がりを言えるくらい、強くなったんだな）

これなら、きっと大丈夫だ。自分がいなくても、福之助は立派にやっていける。と、実は福之助よりも弱い涙腺《るいせん》を懸命に堪《こら》えながら、自分に言い聞かせる。

「……ああ。分かってる。お前は、大丈夫だ。私がいなくても、お前は立派にやれる」

辛抱《しんぼう》強くあやし続ける。しばらくすると、福之助はようやく落ち着いてくれた。だが、ふと顔を上げると、泣き腫《は》らした目で幸之助の顔をまじまじと覗き込んできた。

「……神嫁様。何だか、顔色が優《すぐ》れないようだけど……昨日、ちゃんと眠れましたか？

……もしかして、自分が男なこと、まだ気にしてるとか」

思わず顔が強張《こわば》る。すると、福之助が「大丈夫です」と幸之助の袖を摑《つか》んできた。

「山神様は男でも構わぬと思うくらい神嫁様に惚《ほ》れて、神嫁様の体に証を刻まれたんです。だからきっと、母様にもらった『あの名前』をたくさん呼ばれて、幸せにしてもらえます」

涙声で言葉を振り絞る福之助に、幸之助は「そうだな」と小さく笑った。

今まで、神嫁の証は女にしか出てこなかった。しかし、幸之助は男。

山神は相手を間違えたのかと一時物議を醸《かも》したが、神が間違いなど犯《おか》すわけがないという意見が大多数を占めたし、神には男女の区別がないという書物などが発見されたこともあって、里人たちは今までどおり、幸之助を神嫁として大事に育てた。

けれど、幸之助自身は簡単に割り切れなかった。

——もし嫁に行って、山神様に「男ならいらない」と言われたらどうしよう。

その不安から逃げるように、幸之助はできる限りの努力を重ねてきた。

本来の花嫁修業は勿論のこと、里中の人間一人一人に、料理や裁縫《さいほう》、山菜の採り方など教えを乞《こ》うて回って……。

その執拗《しつよう》なまでの努力はいっそ痛々しいほどで、周囲を大層心配させた。

余計な心配をかけてしまって、申し訳ないと思う。だが、そうせずにはいられなかった。

なにせ、山神にいらないと言われてしまったら、自分は——。

「山神様の見る目は確かです。神嫁様、頭はいいし、武芸もできるし、料理もほっぺたが落っこちそうなほど美味《うま》いし……何より優しい！　花嫁修業でお忙しいのに、要領の悪いわしをいつも気にかけて、銃《じゅう》の研究も夜遅うまで付き合ってくれて……ううう」

「福之助？　……また、泣いているのか」

「……山神様は、見る目があり過ぎる。なんで神嫁様を……わしはもっと、神嫁様と一緒にいたかった。もっともっと、神嫁様とこの鍛冶場で銃の研究を……ううう」

また泣き始める弟に、幸之助はきゅっと唇を噛《か》んだ。

自分だって、この可愛い弟と別れたくない。それに……。

ふと、そばに置かれた西洋銃に目を向ける。

最初は、大変そうな弟の助けになればと始めたことだった。けれど、今は銃の研究が面白くてしかたない。

精巧に作られた部品を磨《みが》き、噛み合わせて組み立てる作業や、火薬の調合。

その作業を経ての試し撃《う》ちで、的の真ん中を撃ち抜いた時の爽快感《そうかいかん》。

できることなら、ここでずっと大好きな銃の研究を続け、異国のモノに負けない高性能な銃を作れるように……と、そこまで考えて、無理矢理思考を止める。

明日、山神に嫁入りしなければならない自分が、何を考えているのか。

(他の道なんてないんだ。この道しかない。私には、山神様に嫁入りする道しか……!)

心の中で自分に言い聞かせながら、幸之助は一生懸命笑って福之助の肩を叩く。

「はは、慰《なぐさ》めながら泣く奴があるか。これからこの家を背負って立とうという男が。それでは、いい鍛冶師には……いや、いい。今はたくさん、私の分まで泣いてくれ。泣き腫れた目では明日、山神様に笑われてしまうから」

穏やかな声でそう言って、頭を撫《な》でてやった。

「相変わらず、お前の弟はよう泣くのう」

背後から声が聞こえてきた。顔を上げると、身なりのいい若い男が鍛冶場に入ってくるのが見えて、思わず身が竦《すく》む。その男が、里長の一人息子の嘉平《かへい》だったからだ。

幸之助は、自分より二つ年上のこの男が苦手だった。

生まれてすぐ、立派な神嫁に育てられるべく、里長の家に引き取られて以来ずっと一緒に暮らしている相手を、そんなふうに思うのはいけないと分かってはいる。だが、

——お前の股《また》の間でぶら下がってるそれは何だ? 男のくせにちっこくて、女みたいな面《つら》して、花が好きで……山神様だって間違えるよな。……そうだ、山神様は間違えたんだ。男のお前が、神嫁なわけがない。だから早く、この家から出てけよ。ほら!

散々馬鹿《ばか》にされ、苛《いじ》められた。それに、仕事もせず、親の金で遊び呆《ほう》けている不真面目《ふまじめ》さも、見ていて気持ちのいいものではない。そして、今も——。

「お前、一人でやっていけるのか？　兄貴の尻拭《しりぬぐ》いがなきゃ何もできないグズのくせに」

藪《やぶ》から棒《ぼう》に、福之助を傷つけることを平気で口にして……駄目だ。やはり好きになれない。

「……嘉平様、何のご用でございましょう」

幸之助は福之助を庇《かば》うようにして、一歩前に出た。

嘉平が思わずといったように一歩後ずさる。武芸の修練にも余念がなかった幸之助は、今や嘉平よりずっと強かったから。

「ふ、ふん！　可愛げのない男だな。わしはお前のために、わざわざ来てやったというに」

「私のため……？」

意外な言葉に幸之助が目を丸くすると、嘉平は声を潜《ひそ》め、こう言ってきた。

「いいか？　嫁入りというのは真っ赤な嘘じゃ。お前は明日、山神に喰《く》われる」

「……っ！」

目を見張る幸之助の隣で、福之助が驚愕《きょうがく》の声を上げる。

「な、なんてこと言うんですっ！　山神様が神嫁様を喰うだなんて、そんな……っ」

動揺する福之助に、嘉平があるものをかざしてきた。

それは古びた巻物で、絵が描かれている。人間を喰い殺す、大きな白い狗《いぬ》の絵が。

「これは、わしの家にあったものだ。ここに、神嫁の真《まこと》が書いてある。神嫁は、山神……大きな白い狗に喰わせる贄《にえ》じゃと」

嘉平は巻物に書かれた文字の羅列《られつ》を指し示した。

なぜ、人間を喰うのかについては、文字が潰《つぶ》れて読めなかった。しかし、昔はそれが公然と行われていたらしい。

だが、逃げ出したり、自害して果てる者が出たため、里長一族以外の里人たちには、贄を嫁入りと偽ることを三五〇年前に決めたのだという。

「なぜ嫁入りということにしたかも書いてある。この時期、印が出る者が女ばかり続いていたから、嫁入りとしたほうが都合がよかったと。……これで、お前が男なのに神嫁に選ばれたことにも説明がつく」

男でも女でもよかったのだ。娶《めと》るのではなく、喰うために所望《しょもう》しているのだから。

福之助が嘉平から巻物を引ったくる。嘉平が嘘を言っていないか確かめるために。

だが、巻物に書かれている内容は、嘉平の言ったとおりの内容だったらしく、読めば読むほど、福之助の顔から血の気が引いていく。

その様を呆然《ぼうぜん》と見つめるばかりの幸之助の肩に、嘉平がそっと手を置いてくる。

「気持ちは分かるぞ。わしもこのことを親父《おやじ》から知らされた時はひどいと思うた。お前はいい嫁になろうと必死だったのに、相手はお前をただの肉としか思うておらんとは」

肉。その言葉はいやに忌《い》まわしく、幸之助の五感を駆《か》け巡《めぐ》った。

「それでな、わしは思うたんじゃ。こんなことは間違うておると」

「……ま、ちがい？」

幸之助が掠《かす》れた声で聞き返すと、嘉平が深々と頷《うなず》く。

「そうだ。相手を騙《だま》して喰い殺すような輩《やから》の何が神じゃ。もしかしたら、この地を飢饉《ききん》や疫《えき》病《びょう》から護《まも》ってくれるというのも、嘘かも……いや、嘘に決まっとる。こんなずる賢い犬畜《いぬちく》生《しょう》にそんな力、あるわけがない。里人も親父も、皆騙されておるんじゃ」

幸之助は唇を噛みしめ、小さな体を震わせた。

グラグラと地面が揺れた気がした。地震が起きたわけでもないのに。

「そこでじゃ。お前……わしと一緒に、この狗を殺す気はないか？」

幸之助の目が、大きく見開かれる。嘉平は幸之助から身を離すと、そばに置いてあったライフルを手に持ち、突き出してきた。

「射撃は得意だろう？　この銃で狗を殺すんじゃ。わしも手を貸す。大丈夫じゃ。見てみろ。こいつはただの獣《けもの》。銃を使えば必ず殺せる。銃の性能を知ってるお前なら分かるだろう」

「……」

「何を悩んでおる。この狗を殺さんと、お前は喰われるんだぞ？　それに、こいつを殺せば、お前は自由じゃ。本当は、嫁になど行きたくないのだろう？　だったら」

「お……お断りします」

突きつけられたライフルを食い入るように見つめたまま、幸之助は呟《つぶや》いた。「え？」と嘉平が声を漏《も》らす。幸之助は顔を上げ、もう一度「お断りします」と言い切った。

「！　何言ってるっ。このままでは、お前はこの化け物に喰われる……」

「か、嘉平様。その話、いつ里長様からお聞きになったのですか」

震える声で嘉平の言葉を遮り、幸之助は聞き返した。

「今日じゃないですよね？　里長様は朝からずっと、祝言《しゅうげん》の準備で走り回っておられるのですから。……なぜ、あえて祝言前夜に打ち明けられたのです。私が取り乱すとか……そういうこと、少しもお考えにならなかったのですか」

一生懸命言葉を絞り出しながら問うと、嘉平の表情がかすかに強張った。

「本当は……それを狙っていたのではありませんか？　動揺し、冷静な判断ができなくなった状態なら、簡単に言うことを聞かせられるはずだと」

ずばり指摘すると、嘉平の顔が目に見えて引きつった。

図星だ。そう見て取ると、幸之助は一歩足を前に踏み出した。

「そんなことを考える人の言うことなど、信じられません。私は……山神様を信じます！」

「お、お前は……っ」

「結構！　あなた様の話は聞きとうありません。……それと、明日山神様を襲うなど、断じておやめください。あなた様は勿論のこと、里の皆にまで天罰《てんばつ》が下ってしまう」

恐ろしく真剣な顔で警告する幸之助に、嘉平は奇異の目を向けた。

「天罰？　なんだ、それ。親父にでも聞いたのか？　お前はどうかしてる。なんでまだ、親父の言うことなんか信じられる。お前が山神に喰われると分かっていながら、お前を騙して、山神に差し出そうとしている輩を……」

「そのようにおっしゃるのでしたら！　これから一緒に、里長様の元に参りましょう。それで何もかもはっきりする。……できますか？　さっきの話を、皆の前で！」

いつも童顔と馬鹿にされる顔で、懸命に凄《すご》んでみせる。

嘉平の顔が見る見る青ざめていく。どうやら、そうされるのは困るらしい。

「くそっ！　何が山神様だ。お前なんか、狗の化け物に喰われちまえ」

捨《す》て台詞《ぜりふ》とともにライフルを幸之助に押しつけると、嘉平はいかり肩で帰っていった。

その後ろ姿を見て、ほっと肩を撫で下ろしていると、福之助が不安げに声をかけてきた。

「神嫁様。さっきの話……」

「嘘に決まっている」

ライフルが壊れていないか確認しながら、幸之助は早口に福之助の言葉を遮った。

「あの方は、私を利用しようとしていた。それに、里長様に話すと言った途端逃げ出して……そんな輩の話を鵜《う》呑《の》みにして、山神様を疑っては罰が当たる」

「そ、そうですね。あんな奴……あの巻物も、きっと偽物《にせもの》じゃ。金欲しさに、神嫁様を苛めるような奴だから」

幸之助は首を傾《かし》げた。どういうことだと聞くと、福之助は顔を顰《しか》める。

「これは、噂《うわさ》なんですが……嘉平様が、男の神嫁様は『神嫁』じゃないと騒いでいるのは、神嫁様の嫁入り道具を買うための金を、自分のものにするためじゃないかって」

「まさか……確かに、嘉平様は金遣いが荒いけど、そんな……っ」

罰当《ばちあ》たりなこと、と言いかけ、幸之助は口をつぐんだ。

「山神様を殺そうなんて言う奴に、信心なんてありませんよ。目的は分からないですけど……やっぱり、神嫁様の言うとおり、あの人の言うことなんて信用できませんね」

福之助が再度結論づけた時だ。遠くから福之助を呼ぶ声がした。相手は里人たちで、幸之助の嫁入り道具を祠《ほこら》まで運ぶ人手が足《た》りないらしく、応援に来てほしいのだと言う。

幸之助は自分も手伝おうとしたが、福之助に制される。

「明日は大事な祝言なのに怪我《けが》でもしたら大変です。待っててください。すぐ戻ります」

早口にそう言って、福之助は駆け出していった。

そんな福之助の後ろ姿を、幸之助は笑顔で見送った。

だが、一人になった途端。その場に崩れ落ち、ガタガタと震える体を必死で抱き締めた。

(あのっ……あの巻物！　……まさか、また見ることになるなんて……！)

あの巻物……実を言えば、見るのは二度目だ。

一度目に見たのは、今から八年前。

あの頃、幸之助は自分が男であることが心配でしかたなかった。

嘉平から、「男のお前は嫁になれない」と散々脅《おど》されたから……自分以外に男の神嫁がいなかったか知りたくて、いけないと分かっていながら、蔵に忍び込んだ。

そして、あの巻物を見つけてしまった。

最初は意味が分からなかった。それまで、山神を疑ったことなど一度もなかったから。

嘘だと思おうとした。しかし、人間を喰い殺す巨大な白い狗の絵が、いつまで経《た》っても頭から離れない。

里長に正直に話して、あの巻物のことを聞こうかとも思ったが、「本当のことだ」と言われ、決定的なものにされるのが怖くて、それもできない。

恐怖と不安は、幸之助の心をどんどん蝕《むしば》んでいく。

そんなある日、偶然ウサギを喰い殺す野良犬の姿を見てしまい、それは一気に弾《はじ》けた。

——嫌だ嫌だ嫌だ！　あんなふうに喰われたくない！　死にたくない！

幸之助は走った。遠くへ……あの恐ろしい化け物が追いかけてこない遠くへ逃げようと。

だが、里を飛び出し、しばらくして……絶句した。

そこは、見渡す限りの荒れ地だった。加賀美の里はあんなにも緑に溢《あふ》れ、作物はたわわに実っているというのに、ここは草木が一本も生えていないばかりか、土までもが干《ひ》からび、ひび割れて、あちこちに何とも知れぬ骨が散らばっている。

山神の加護がなければ、ここは本来住めない土地だと聞かされてはいたが、こんなにも違うだなんて……。あまりの落差に愕然《がくぜん》とした、その時。

突如《とつじょ》、空が陰ったかと思うと、轟音《ごうおん》とともに雷が落ちてきた。

稲妻《いなづま》は幸之助のすぐそばに落ちた。焼け焦げ、えぐれた地面を見つめ絶句していると、またすぐに別の雷が幸之助の真横に落ちてくる。

なぜ自分のそばにばかりと、恐怖と混乱で震えながら空を見上げる。

全身凍りついた。頭上を覆《おお》い尽くす雷雲が、歯を剝《む》き出した狗の顔に見えたからだ。

山神が見ている。逃げ出した自分に怒っている。

――ご……ごめんなさい、ごめんなさいっ。もうしません！　もう逃げたりしないから、許してくださいっ。

泣きながら里に逃げ戻った。すると、いなくなった幸之助を心配して探し回っていた里人たちに「よく無事で！」と泣いて出迎えられて……幸之助の心はぐしゃぐしゃになった。

自分があのまま逃げていたら、この人たちはどうなっていたのだろう。そして、自分が「山神に喰われたくないから助けてくれ」と訴えたら、この人たちはどうするだろう。

幸之助のために山神に楯突《たてつ》いて、雷を落とされるのか？

それとも、嫌がる幸之助を無理矢理山神に捧《ささ》げるのか？

そんなの、どちらも見たくない。だから……誰にも、何も言えなかった。

……本当なら、自分は喰われる覚悟を決めるべきだった。

あんなにも絶大な力を誇る山神から逃げられるわけがないし、怒らせたら自分は勿論、弟をはじめ、里人たちもただではすまないのだから。

里人たちには言い尽くせない恩がある。神嫁としてだが、自分のことをとても大事にしてくれたし、両親が亡くなった時は、弟のことも親身になって面倒を見てくれた。

善良で、温かい人たち。大好きだ。

それなのに……自分はどうしても、身を捧げる覚悟ができなかった。

薄情で、最低だと分かってはいる。だが、それでも喰われたくない。死にたくない。

だったら、どうするべきなのか。一生懸命考えた。

そして、悩み抜いた末、幸之助はこう結論づけた。

最高の花嫁になろう。山神に喰うのはもったいないと思われるほど、有能な花嫁に。

そうすれば、自分は山神に喰われないし、誰も裏切らず傷つかない。皆、幸せ。

そう思い至ってからは、なりふり構わなかった。

この里でできる限りのことを得ようと、里人たちに教えを乞うて回り、女の仕事である家事も、男の仕事である力仕事も、今日まで……それこそ死に物狂いで励《はげ》んできた。

やれるだけのことは全てやった。それぐらいの自負はある。けれど……。

——見てみろ。こいつはただの獣。銃を使えば必ず殺せる。

正直に言えば、先ほどの嘉平の誘いには、かなり心が揺れた。

西洋銃の性能を持ってすれば、あの狗を殺せるのでは？　と何度も考えたから。

しかし、もっと言えば……戦うのも怖くて嫌だ。今すぐ、ここから逃げ出したい。

本当は、どんなに頑張っても無駄な気がしてしかたない。

相手は凄《すさ》まじい力を持った神で、たくさんの僕を連れていて……そんな相手に必要とされる力を、たかが人間の自分に得られるわけがないと。

だが、いくら怖くても、逃げることなんてできない。だったら、道は一つだけだ。

(大丈夫……私は、やれるだけのことはやってきた。だから、大丈夫だ)

「……そうだよね？　雪《ゆき》」

自分で「大丈夫」と言い聞かせるだけではとても足りなくて、思わず格子窓《こうしまど》の向こうに広がる山に目を向け、「彼」に話しかけた。

誰よりも幸之助の心に寄り添ってくれた「彼」に。

でも、「彼」を以《もっ》てしても……心はちっとも安らかになってくれなかった。


嫁入り当日。幸之助は決まりに従い、用意された白無垢《しろむく》に袖を通した。

実は、白無垢を着ることには抵抗があった。

自分はなで肩の細身で、顔もいかつさの欠片《かけら》もない童顔ではあるけれど、それはあくまで「男にしては」の話で、女と比べれば、がっしりしているし、首だって太い。

こんな自分が白無垢なんて着ても、絶対似合わない。そう思っていた。

だが、着物が今まで見たことがないほど上等なモノだったからか、化粧師《けわいし》の腕がよかったからか。予想よりもずっと様になっていて、幸之助は驚いた。

着付けを手伝ってくれた女たちも、とても似合うと褒《ほ》めてくれて……馬子《まご》にも衣装《いしょう》というか。こんなにも立派な着物を用意してもらって、ありがたいことだ。

その後、花嫁衣装を着て里中を巡ったが、そこでもたくさんの労《ねぎら》いの言葉をかけられた。

その言葉も向けられる笑顔も、どれも皆温かくて優しくて、幸之助は泣きそうになった。

「皆様、今までありがとうございました」

深夜、山神が神嫁を迎えに来るという山奥の祠へと続く道の前で、幸之助は見送りに来てくれた里人たちに頭を下げた。

すると、老人が歩み寄ってくる。数日前から幸之助と目を合わせようとしなかった里長だ。

とても、厳しい人だった。

物心ついた時から、お前は立派な神嫁にならなければならないと、神嫁としての心構えや作法を厳しくしつけられて……あまりに辛くて、泣いてしまうこともあった。

しかし数年前から、幸之助の思うがまま、何でも自由にさせてくれた。

神嫁が贄だと幸之助が感づいていると知っていながら。

そのことについて、里長と直接話したことはない。けれど、分かる。

里長が自分を見る目は、いつも苦しそうだったから。

里長は立場上、何をしてでも幸之助を山神に差し出さなければならない。だから本来なら、逃げ出さないよう幸之助を幽閉《ゆうへい》しなければならなかったはずだ。

だが、彼は自分のできる限りで、幸之助の好きにさせてくれた。

一体どんな気持ちで、そうさせてくれたのか。それを思うと、胸が締めつけられる。

久々に合わせた里長の目は憔悴《しょうすい》していた。そんな里長の目を見据《みす》え、幸之助は言った。

「大丈夫です。私は、立派にお役目を果たします。だからどうか……お元気で」

里長の瞳が大きく揺れた。唇も何か言いたげに震える。それを噛み殺すように歯を食いしばると、里長は幸之助が被《かぶ》っていた綿帽子《わたぼうし》を深く被せ直した。

「ええか。ここから先は、山神様がいいと言うまで決して、顔を晒《さら》してはなんねえど。ええか？　分かったな」

あまりにも深く綿帽子を被せられたものだから、里長の顔はよく見えなかった。しかし、幸之助だけに聞こえる声で囁いた「すまんな」という声は、どこまでも悲痛だった。

その意味を考えないようにしながら頷くと、幸之助は馬に乗った。

里人たちの声が、どんどん遠ざかっていく。すると言いようのない心細さを覚えるとともに、恐怖で全身が戦慄《わなな》いて、唇をきつく噛みしめる。

……助けて。喰われたくない。死にたくないっ。誰か……誰か助けて！

そう、思わず叫び出してしまわないように。

けれど、恐怖に震えながらも、幸之助は懸命に気持ちを切り替える。

怖がっている暇《ひま》はない。これからのことを考えておかないと。

（とりあえず……八年前に逃げ出したこと、もう一度ちゃんと謝ろう。それから……）

自分が、食べるだけではもったいない人間だと示すにはどうすればいいか。

あれこれ考えあぐねていた、その時。馬が歩みを止めた。

「よお、ずいぶん似合うじゃねぇか。女じゃないのが惜《お》しいくらいだ」

聞こえてきた声にはっとし、顔を上げる。

目を見張る。先ほどまで手綱《たづな》を引いていた里人が、嘉平に代わっていたからだ。

「そんな驚いた顔をするな。わしは、お前に謝りに来たんじゃ」

「あ、謝る……？」

「そうじゃ。わしは間違っとった。山神様を襲うなんて大それたことを考えるなんて、どうかしとった。じゃから……」

嘉平の背後に八人ほど男の姿が見える。全員、里人ではない。大層柄の悪い、いかにもごろつきといった風情だ。おまけに、火薬の匂いまで漂わせている。

銃を撃つ時に使用する火薬の――。

「お前が山神様の元に行けるよう、わしが責任を持って守ってやる。安心せえ」

優しい声音《こわね》でそう言う嘉平からも同じ火薬の匂いがして、幸之助は血の気が引いた。

まさか、この男たちは隠し持っているだろう銃で、山神を襲うつもりか？

（……無謀《むぼう》過ぎる）

火薬の匂いから察するに、嘉平たちの銃は旧式の火縄銃だ。最新式の銃ならまだしも、そんな古い銃で、雷をも操る山神に太刀打《たちう》ちできるわけがない。いたずらに怒らせるだけだ。

（もし山神様に、これが里の総意だと思われたら……！）

里に降り注ぐ稲妻を想像し、幸之助は身震いした。

里人たちを危険な目に遭《あ》わせてたまるか。何とか……何とかしなければ！

昨日と同じように説得するか？　……いや、とても説得に応じる相手とは思えない。

力づくでやめさせようにも、丸腰《まるごし》の自分が銃を持った九人に勝てるわけがない。

止めるのは不可能。だったら、今自分にできることは――。

幸之助は小さく息を吸った。そっと手綱を手繰《たぐ》り寄せ、思い切り馬の腹を蹴《け》る。

馬が、走り出した。

「しまった！　あいつ、『毛皮』のところへ行くつもりだっ」

「絶対に逃がすな！　『毛皮』が祭り以外で里に下りてくるのは、この時だけだからなっ」

（毛皮って……山神様のことかっ？）

あの男、山神を撃ち殺して、皮を剝《は》いで売るつもりなのか？

神嫁が贄だと里人たちに公表したがらなかったのも、里人たちがついてきて、毛皮を刈るのを邪魔されないためで……なんと、罰当たりな。

これは絶対、嘉平たちと山神を会わせるわけにはいかない。鉢合う前に山神と合流して、山に戻らなければ！

とはいえ、今は一刻も早く彼らから離れなければならない。

火縄銃の有効射程は約五十間《けん》。だが、飛距離でいけば四百間近く飛んでくる。

今は夜だし、到底当たるとは思えないが、彼らが銃を撃つ準備を整えるまでに、できるだけ離れなければ。

しかし、身動きのままならない白無垢を着て、横向きに乗っているせいで、上手く馬を操縦できない。それどころか、振り落とされないようしがみつくのがやっとだ。

（早く……早く離れないと！）

思うように馬を走らせられず、焦《あせ》りと恐怖で手綱を握《にぎ》る手が震える。

その時、背後からズドンと大きな銃声がした。

本当に撃ってきた。と、幸之助が肝《きも》を冷やした時だ。突如、目映《まばゆ》いばかりの閃光《せんこう》が走ったかと思うと、耳をつんざくような爆音が鳴り響いた。

慌てて手綱を引き、馬を止める。

振り返って、目を見張った。逃げてきた方角の空に稲妻が光り、雷鳴《らいめい》が轟いている。

(あの雲……八年前と同じ……山神様の……!)

まさか、山神はこれまでの一部始終を見ていたのか? それで、神嫁に発砲したことに怒って、嘉平たちを……!

幸之助は手綱を引き、元来た場所へと引き返した。

しばらく行くと、暗がりにいくつかの明かりが見えた。嘉平たちの持っていたかがり火だ。

また、雷鳴とともに雷が落ちる。

その眩《まぶ》しい光の中にあるものを認め、幸之助ははっとした。

異様な男の後ろ姿が見える。

六尺《しゃく》はありそうなほどの大きな体軀。雪のような白銀のザンバラ髪、真っ白な山伏《やまぶし》の衣装。

そして、尻の部分で天を向いて揺れている、大きな白い尻尾《しっぽ》。

まるで狗のような……しかも、よく見てみると、頭の上には大きくてふさふさした獣の耳までついていて……まさか。

(……この方が、山神様?)

巻物に描かれていた大きな白い狗の絵を思い返しながら、幸之助がそう思っていると、

「人間、覚悟はできておろうな」

ぞっとするほど冷ややかで威圧的な声に、悪寒《おかん》が走る。

「我が嫁に銃を向けたのだ。生かしてはおけん」

白い男の右腕が、バチバチと音を立てて発光し始めた。嘉平たちが悲鳴を上げ、這《は》いつくばって逃げていく。あまりの恐怖に腰を抜かしたらしい。

そんな嘉平たちに、男が火花の散る右手を振り上げる。

「お待ちください！」

幸之助は慌てて馬から下りた。いくら悪いことをしたとはいえ、雷で丸焦げにするのは可哀想過ぎる。という思いもあったが、里人が山神に遺恨《いこん》を持っていると思われたくない。

その一心で平伏《へいふく》し、幸之助は懸命に詫びた。

「お許しください。この者どもに悪気はないのです。ただ……私が逃げ出したと勘違いしたのです！　いきなり馬が暴れて、走り出してしまったから。悪いのは、馬をちゃんと抑えられなかった私です。ですから、どうかどうか……里に雷を落としたりしないで！」

額を地面に擦《こす》りつける。相手は何も言わない。それでも、幸之助が頭を下げ続けていると、バチバチという音が聞こえなくなった。

嘉平たちに雷を落とすのをやめてくれた。ほっと肩を撫で下ろしたが、今度はこちらに近づいてくる足音が聞こえてきたものだから、幸之助の体は再び緊張した。

嘉平たちは許されたが、まだ自分が許されたわけではなかったから。

いきなり、あの雷を落とされたら……いや、喰いつかれたらどうしよう！

（何か言わなきゃ！　何でもいいから、何か……！）

必死に言葉を振り絞ろうとする。だが、恐怖で縮み上がった心には、何の言葉も浮かんでこない。ずっと、この瞬間のために、たくさん頑張ってきたというのに。

あまりにも腑甲斐《ふがい》ない自分に、じわりと涙が浮かんだ時だ。

「面《おもて》を上げろ」

静かに命令される。低くてよく通る、若い男の声だ。

幸之助はぎこちなく唾《つば》を飲み込んで、ゆっくりと顔を上げた。

緊張のし過ぎで潤んだ視界の先に、男の顔が見える。

一度も日の光を浴びたことがないような、抜けるように白い肌。月光にキラキラと輝く、白銀の癖《くせ》っ毛《け》の髪。大きなとび色の瞳が映《は》える、端整な顔。

それらは、黒髪、黒目の人間にしか会ったことがない幸之助には、ひどく現実離れしたものに感じられた。おまけに顔立ちが整い過ぎているせいか、無表情で見つめられると、ひどく冷たい感じがして、ますます萎縮《いしゅく》してしまう。

その時。ポンッと、どこかから鼓《つづみ》が鳴るような音が聞こえた気がした。

何の音だろうと幸之助が不思議に思っていると、

「……かわいい」

突如、鼓膜《こまく》を震わせたその言葉。

「……え？　……っ！」

何を言われたのか分からず、間の抜けた声を漏らした幸之助は、ぎょっとした。能面のように無機質だった表情が突然、宝物を見つけた童のように輝き、ものすごい勢いで幸之助に飛びついてきたからだ。

「すごい……すごいぞ！」

山神は幸之助を横抱きに抱え上げると、その場でくるくる回り始めた。

「可愛い！　可愛過ぎる！　これが……これが俺のヨメなのかっ？　ははは」

「え……ええ？　あ……は、はい。お疑いなら、背中の痣を見ていただけますと……わっ！」

おろおろしながらも幸之助が何とかそう答えた途端、山神は「ひゃっほう！」と奇声を発しながら、木よりも高く空に飛び上がった。

「ようここまで可愛く育った。さすがは俺のヨメだ！　偉いぞ！」

「ええ？　あ……ありがとう、ございま……ひっ！」

よく分からない褒め言葉に一応礼を言っていると、いきなり空中で宙返りされたものだから、幸之助は思わず山神にしがみついた。

「うん？　なんだ、ヨメ。さっきのが気に入ったのか？　ならば、今一度」

「！　い、いえ、そんな……お、お気遣いな……わあっ！」

そばにあった木の枝に着地すると同時に蹴り上げ、空高く飛び上がると、山神は幸之助を抱えたまま空中で二回転してみせた。そして、今度は三回転――。

今まで経験したことのない浮遊感と疾走感《しっそうかん》に、頭がクラクラした。

「楽しいか？　ヨメ。俺もだ！　今なら、空も飛べそうな気がする。ははは」

木の枝々を伝い飛んで夜の空を駆けながら、幸之助をぎゅっと抱き締める。

そんな山神のはしゃぎように、戸惑いながらも、幸之助の中で一つの考えが芽生え始める。

（この感じ……もしかして、私を食べる気は……ない？）

喰う気でいたのなら、もうとっくに喰っているはずだ。それに、餌《えさ》としか思っていない相手を「ヨメ」とは呼ばないだろうし……。

もしかして、神嫁が贄だというのは自分の勘違いなのだろうか？　あの巻物は何か別のことについて書かれたものだったとか。

（……それなら、それに越したことはないのだけれど）

とりあえず、今度話しかけられたら、怖がらずちゃんと受け答えしないと。

そう自分に言い聞かせていると、山神がおもむろに地面に下りた。

「さあ。着いたぞ、ヨメ」

顔を上げてみると、目の前に明かりの灯《とも》る建物が見えた。

暗くてよく分からないが、それは全体的に少し傾いた茅葺《かやぶ》き屋根の小さな庵《いおり》で……ここに、

何か用があるのだろうか？

訝《いぶか》しく思っている間に、山神が幸之助を抱えたまま中に入る。

室内は、ひどく殺風景だった。綺麗に掃除されてはいるが、赤々と燃えている囲炉裏《いろり》とそばに敷かれた布団《ふとん》以外、何もなくて……と、思った時だ。

「よし、ヨメ！　初夜をするぞ」

弾んだ声で呼びかけられるとともに……よく見ると、枕が二つ並んだ布団の上に下ろされて、幸之助は仰天《ぎょうてん》した。

「えっ？　しょ、初夜って……！」

「む？　何を驚いておる。夫婦《めおと》になるのだから、睦《むつ》むのが当然であろう」

山神が耳の先をピコピコ動かしながら、真顔で首を傾げる。

「あ……そ、それは、そうですけど……でもっ」

慌てて口をつむぐ。いかに喰われないかということばかり考えていたから、そういうことは一切考えていなかった。なんて、言えるわけがない。

とはいえ、よくよく考えてみれば……いいことではないか。初夜をしたいということは、山神が自分を嫁として迎えようとしている証明になるのだから。ただ――。

（山神様……どう見ても、男だよな……）

そして、自分も男。

男同士では睦み合うことなんてできないし、夫婦にもなれない。

(もしかして……私のこと、女だと勘違いしてる？)

そう言えば、先ほどから幸之助のことを「可愛い、可愛い」とばかり言っているし……でも、神が勘違いなどするわけが……！

(そうだ！　神様は自分の体を自在に変形させることができると、書物に書いてあった)

ということは、これから女の体に変形するのだろうか？　と、考えあぐねていた幸之助だったが、ふと視界の端に映ったあるものに目を剝いた。

山神の股間《こかん》が、こんもりとそそり立っている。

あれは、もしかして……！　そう思った瞬間、幸之助は布団の上に押し倒されていた。

「案ずるな。絶対！　痛いことはせぬ。……優しくする！」

興奮気味に尻尾を振りつつ、鼻息交じりに宣言されて、幸之助は驚愕した。

(山神様……わ、私を女だと勘違いしてる！)

「お待ちください！　あの……っ」

男の姿のまま、自分を抱こうとする山神を止めようとした。だが、山神は大丈夫だと言うばかりで聞く耳を持たず、どんどん着物を脱がしていく。

そんなものだから焦って、幸之助は思わず山神の手を取ると、自分の下肢《かし》に押しつけた。

山神の大きな耳と尻尾が、ピンッと勢いよく立ち上がる。

「ヨメッ？　一体、どうし……」

「このとおり、私は男でございます！」

上擦《うわず》った声で、幸之助は語勢を強めた。

「ですから、あ、あの……ご面倒とは存じますが、その……ご、ご立派なモノを引っ込めて、女の体になっていただけませんか？　それなら、お相手できると思います！」

幸之助が大真面目に言うと、山神はきょとんとした顔をして、二、三度瞬《まばた》きした。

だが不意に、「ぷっ！」と噴《ふ》き出したかと思うと、声を上げて笑い出した。

「ははは、ぬしは神にどれだけ夢を見ておるのだ。さようなこと、できるわけなかろう」

軽い口調で返される。その言葉に、幸之助は顔面蒼白《がんめんそうはく》になった。

「？　ヨメ、どうしたのだ。そのような顔をして」

「ど、どうしよう……」

「……む？」

「お、男同士じゃ……夫婦になれない！」

消え入りそうな声で、幸之助は悲鳴を上げた。

喰われるのではないかということの次に、心配していたことだった。

今までの神嫁は皆女なのに、自分だけが男で、山神が間違えたのではないかと。

だが、神が間違いなど犯すわけがないし、自分の体を自在に変形させる神もいるから大丈夫だと言われて、安心していた。

けれど、山神は自分の性別を見分けられなかったし、体も変形させせられない。

「これじゃ……神嫁のお役目……果たせない」

ひどく絶望的な気持ちになって固まってしまった幸之助を、山神はじっと見つめていた。

しかしふと苦笑したかと思うと、項垂《うなだ》れた幸之助の頭をあやすように撫でてきた。

「ヨメ、心配いたすな。ぬしが男でも、俺は構わん」

その言葉に、幸之助は涙で潤んだ大きな目を見開いた。

「構わんって……でも、男同士では……」

「よいのだ。どうせ、ぬしが女でもややはできん。俺は子が作れぬ体ゆえな」

そういう問題なのだろうか。何か違うような、と幸之助が首を捻《ひね》っていると、再度肩を摑まれ、布団に押し倒される。

「ということで、何の問題もない。さ、初夜をするぞ」

風切り音が聞こえてくるくらい、尻尾を振りながら言う山神に、幸之助は再び慌てた。

男に抱かれるなんて考えたこともないから、何をどうしていいのか分からない。怖い。

「ヨメ？　……嫌なのか？」

上機嫌だった山神の声が急落する。そんなものだから、幸之助は息を呑んだ。

（私は、何を考えているんだ。嫌だなんて……山神様の、ご命令なのに）

人間の自分に、選択権なんてあるわけがない。

「い、嫌では……ありません」

震える声で答えながら、ぎゅっと目を瞑《つぶ》る。

「どうぞ……お好きに、なさってください」

これも神嫁の務めだと自分に言い聞かせながら、両手で布団を握りしめる。

（こんなこと、食べられることに比べたら、何でもない……何でもない！）

しかし、いつまで経っても、山神は何もしてこようとしない。

どうしたのだろう。恐る恐る目を開いてみる。すると、山神が耳を……いたずらがバレて叱《しか》られた犬のようにしゅんと下げて、幸之助の顔を覗き込んでいた。

「……ヨメ、すまぬ」

目が合うと、山神はますます耳を下げて、幸之助の頭を撫でてきた。

「ぬしと一刻も早く夫婦になりたくて焦ったのだ。……そうさな。男のぬしに、いきなり抱かれろというのは酷《こく》であった」

「あ……いえ、そんな……」

意外な言葉に幸之助が目を白黒させていると、山神は突然「そうじゃ！」と手を打ち、上体を起こした。

右手の人差し指と中指を立て、自分の唇に当てて、「むん！」と一声唸《うな》る。

瞬間、山神の体が眩しく発光した。

思わず目を瞑り、次に目を開けた刹那《せつな》、幸之助は「あっ」と声を上げた。

目の前に、白い狗が立っている。熊を一回り大きくしたくらい巨大で、あの巻物に描かれていたのと同じ、鋭い牙《きば》が覗く大きな口をした狗が！

一体どこからやってきたのか。全身をガタガタ震わせていると、

「どうだ、ヨメ！」

狗が山神の声で喋《しゃべ》った！　ということは、この狗は山神なのか？　しかし、なぜこんな姿に……まさか！　抱かれるのを嫌がったから、怒って喰うつもりなのか？

ますます体が震える。すると、白い狗はその場に行儀よくお座りして、片方の前足を上げてみせると、得意げにこう言った。

「可愛いであろう？」

「……は？　……っ！」

何を言われたか分からず呆けた声を出して、幸之助は息を止めた。突如、狗が近づいてきたかと思うと、幸之助をくるむように抱き込んできたからだ。

「ぬしは犬が好きであろう？　それゆえ、この姿から徐々に慣らしていこうな」

早く俺に慣れるのだぞ。と、大きな舌でべろりと頬《ほお》を舐《な》められ、全身総毛立った。

（な、なんで……私が犬好きだなんて決めつけるんだっ！）

確かに、昔は同じ布団で一緒に寝るぐらい犬が大好きだった。だが、山神が贄を喰い殺すあの絵を見てからというもの、犬を見ただけで身が竦むようになってしまった。

生きた心地がしない。けれど――。

「ヨメ、震えておるぞ。寒いのか？」

山の夜は冷えるゆえな。ひどく優しい声音で言いながら、山神がそばにあった布団を口で咥《くわ》え、幸之助の体にかけてくる。そんなものだから、幸之助は目を丸くした。

「あ……ありがとう、ございます」

おずおず礼を言うと、山神は耳をパタパタ動かしながら、幸之助をさらに深く抱き込んできた。その所作《しょさ》も労《いたわ》りに満ちていて、喰う気配など微塵《みじん》もない。

改めて、山神に目を向ける。大きな口から覗く牙はやっぱり怖いけれど……。

「や、山神様。初夜は……」

「むう？　今日はせん。このまま寝る。考えてみれば、俺も初めて会った男に抱かれるなんて真《ま》っ平《ぴら》じゃ」

悪かったのう。再度謝られて、胸のあたりがそわそわした。

（……優しい。でも……）

「あ。そう言えば、まだ名乗っていなかったな。俺の名は、月影《つきかげ》じゃ」

「……月影、様？」

山神とは別に名前があるのかと意外に思いながら、何の気なしにその名を復唱した。

途端、月影の全身の毛が雷に打たれたように逆立ち、尻尾がピンッと立った。

それと同時に、またどこかで鼓が鳴るようなポンッという音が聞こえた気がした。

「む……むう！　……つ、月影様……か」

「あ……お嫌でしたら」

「い、いや！　よい。頑張って慣れる！」

山神……月影は上擦った声で言いながら、尻尾を忙《せわ》しなくバタンバタン動かした。

「そ、そうですか。あ……私は……っ」

幸之助はふと口をつぐんだ。ある人の言葉が、脳裏《のうり》を過《よぎ》ったからだ。

——あなたの名前は、「幸之助」って言うんですよ。

もうおぼろげにしか思い出せない、今は亡き……自分を生んでくれた人の言葉。

——だから、山神様にはこう名乗ってください。『私の名前は幸之助です』と。それで、今までの分も名前を呼んでもらって、神嫁としてではなく、あなたとして可愛がってもらってください。……大丈夫、山神様はあなたのことを愛《いと》おしく思ってらっしゃるんですから。

神嫁に名前をつけてはいけない。その掟《おきて》を破り、こっそりとそう告げて、その人は幸之助の手を握って泣いた。

その日から、幸之助は幸之助になった。誰に呼んでもらえなくてもだ。でも——。

(名乗ったら……怒られるかな)

名前をつけてはいけないと言うのなら、これから山神に名前をつけられるのかもしれない。

でも、これがあの人からもらった唯一のものだし……あの時の彼女の姿を思い返すと、どうしても言わずにはいられなくて、

「私の名前は……こ、幸之助と申します！」

生まれて初めて、神嫁と名乗らず、親がつけてくれた自分の名前で名乗った。

瞬間、言いようもなく顔が熱くなった。恥ずかしい。ただ名前を名乗っただけなのに。

(こ、これだと……名前を呼ばれたら、どうなるんだろう)

自分の反応に戸惑い、高鳴る胸を持て余しつつそう思っていると、

「そ……そうか。こここ、こう……こう、の……む、むう！」

大きな尻尾がよりいっそう落ち着きなく暴れ始める。どうしたのかと尋ねると、

「な、何でもない！　よい名だと思うただけじゃ」

何でか声がひっくり返っていた。何をそんなに慌てているのか分からなかったが、幸之助の顔はますます赤くなった。名前を褒めてもらえたことが、何だか無性《むしょう》に嬉しかったのだ。

その間に、月影はコホンと気を取り直すように咳払いした。

「とにかくだ。……ヨメ、よき夫婦になろうぞ」

「え……あ。……は、はい」

改めて言われたその言葉に、幸之助は思わず気のない返事を返してしまった。

(名前……呼んでくださらないんだ)

妙に気持ちが沈んだ。

なぜだろう。掟を破ったなと怒られ、名前を取り上げられなかっただけでも、よかったと思うべきなのに。と、思った時だ。

突然、頬にふさふさした感触を覚え、全身が強張った。

慌てて目を向けると、月影が大きな額を甘えるように擦りつけてくるのが見えた。

その光景に、何とも複雑な気持ちになる。

こんな人懐《ひとなつ》こい仕草にさえ、一々肝を冷やして怖がる。そんな臆病《おくびょう》な自分が嫌だった。

しかもその仕草が、昔可愛がっていた犬のそれによく似ていたから、余計に――。

(……昔は、こんなんじゃ、なかったのにな)

そう思って、幸之助はふと、犬を飼っていた頃の自分を思い返した。


今から十年ほど前、幸之助は犬を飼っていた。真っ白い、毛がふさふさした愛らしい子犬で、罠にかかって倒れているのを見つけて拾ったのだ。

幸之助は犬に「雪」と名づけ、それはそれは可愛がった。

両親を面と向かって、父様、母様と呼ぶことができ、可愛がられている弟を羨《うらや》ましく思うと同時に、寂しくてしかたなかったあの頃、自分にも家族ができたようで嬉しかったのだ。どこにでも雪を連れていき、寝る時も一緒だった。そのせいか、雪は非常に懐いてくれて、

——いい？　雪は山神さまの役だからね。

雪を山神に見立てたままごと遊びにも、逃げ出さずいつまでも付き合ってくれた。

——山神さま、おかえりなさいませ！　今日も一日、ごくろうさまです。今日のお夕飯は、お味噌汁とご飯と……ひゃぁ！　雪、だめ！　お食事中に顔舐めちゃ……ふふ。……うん、わたしも雪が大好き。

思えば、あの頃は幸せだった。男の自分は神嫁になれないかもしれないという不安も、神嫁は贄かもしれないという恐怖も何も知らなかった。それに、

——雪、ここに咲いてるたんぽぽ、山神さまが咲かせてくださってるんだって。……わたしがたんぽぽ好きなの知ってるのかな？　へへ、山神さまもたんぽぽ好きだったらいいな。

ただただ純粋に、自分の夫となる山神を心から敬愛し、信じていた。

自分を神嫁に選んでくれた山神は、自分のことを愛してくれていると。

だから、里に自分の好きな花が咲いただけで、山神からの愛情を感じ、とても幸せな気持ちになれて、自分も山神のために何かできればと、花嫁修業を一生懸命頑張った。

自分が作ったご飯を食べてもらいたくて、自分が着物を着せてあげたくて……だから、大

きなお屋敷も、たくさんの僕も何もいらなかった。

自分を愛してくれる山神が、自分だけの家族になってくれたらいい。

それくらい、山神のことを思っていた。

あの頃の自分なら、物怖《ものお》じせず月影と接することができただろう。けれど、今の自分は……と、思った時だ。背後から、何か声が聞こえてきた。

振り返ると、そこには鋭い牙を剝き出し、襲いかかってくる巨大な狗の姿があって――。


「……わっ！」

幸之助は声を上げ、慌てて飛び起きた。すると、襲いかかってくる怖い白い狗の姿が消え、代わりに見慣れない室内が目に飛び込んできた。

ここは、どこだっけ？　寝惚《ねぼ》けた頭で考えていると、「起きたのか」と声がかかる。見ると、そこには月影が立っていたのだが……。

「まだ夜明け前じゃ。ぬしは寝ておれ」

鉄の手甲《てっこう》を腕に嵌《は》めながら、月影が言う。表情が険しい。それによく見ると、着物の下には鎖帷子《くさりかたびら》も着込んでいて、ひどく物々しい。

「何か、あったのですか」

「うむ、火急の知らせでな。以津真天《いつまで》が出た」

「……イツマデ？」

何のことか分からず幸之助が戸惑っていると、武装を終えた月影が近づいてきて、幸之助の目の前にどかりと座った。その顔は非常に凛々《りり》しく、落ち着き払っていて……先ほどの童のような幼さは欠片も見えない。

「すまぬな。来てくれて早々家を空けることになって。だが、これも加賀美の里を護る大事なお役目。分かってくれ」

「い、いえ。滅相《めっそう》もありません。お役目、どうぞ頑張ってくださいませ」

事情は全然分からなかったが、月影の緊迫《きんぱく》した面持《おもも》ちに気圧《けお》されて、慌てて頭を下げる。

月影は「うむ」と深く頷いて、あるものを差し出してきた。

「夜には戻ると思うが、その間、困ったことがあったらこのモノを使え」

「？　このモノ……っ！」

顔を上げ、幸之助はぎょっとした。目の前に、真っ黒な物体があったからだ。

よく見ると、それは一羽の鴉《からす》だった。

「ほら、空蟬《うつせみ》。俺のヨメに挨拶《あいさつ》せぬか……む？　なんだ、まだ寝ておるのか」

この寝腐《ねくさ》れ爺《じじい》。そう毒づいて、月影は持っていた鴉の頭を軽く叩いた。

「……あ？　……ああ。坊ちゃま、おはようございます」

鴉が渋みのある老人の声を発し、月影にぺこりと頭を下げるので幸之助は目を剝いた。

「『おはよう』ではない。下僕《げぼく》のくせに、主人より遅く起きる奴があるか」

「はい？　……ああ、申し訳ございません。耳栓をしているもので」

鴉……空蟬が首を振ると、耳のあたりから豆粒が零《こぼ》れ落ちた。

「耳栓？　なにゆえ、そのようなものを……」

「はい。坊ちゃまたちの初夜のお声を、聞かぬようにするためでございます」

さらりと言われたその言葉に、幸之助は月影ともども「なっ？」と声を上げた。それを見て、空蟬がカアカアと二声鳴く。どうやら笑っているらしい。

「いいえ、艶《つや》めいた声は決して嫌いではないのですが、坊ちゃまは童貞《どうてい》でらっしゃるから……奥方様に『下手くそ！』と詰《なじ》られて平謝りする、坊ちゃまの涙声を聞くのは忍びなく」

「えっ？　どうて……」

「空蟬っ！」

月影が全身の毛を逆立《さかだ》てながら、ひっくり返った声を上げる。

「ぬ、ぬしは何ということを言うのじゃ！　さようなこと、あるわけが」

「ほう！　では坊ちゃま。初めてでもちゃんと気持ちよくして差し上げたのですか？」

「え？　……いや、それは……その……まだ、というか……していないというか」

尻尾でパンパン床を叩きながら月影がぼそぼそ言うと、空蟬は呆《あき》れた声を上げた。

「まだっ？　……坊ちゃま、やはりこの部屋に問題があったのでございます。家財道具そっちのけで、布団しか置いていないなんて、助平《すけべ》な下心しか見えない」

「わあ！」

月影が真っ赤な顔で素《す》っ頓狂《とんきょう》な声を上げ、幸之助の両耳を塞《ふさ》いできた。

「寝坊した挙げ句、ろくでもないことばかりくっちゃべりおって。下心などあるわけ」

「ほほほ、そのような……柿のように赤いお顔で言われましても、説得力が……」

毛繕《けづくろ》いしながら、空蟬が笑った時だ。いきなり、幸之助の頭の上でボンッと妙な音がした。

何の音だろうと目を上げ、幸之助は仰天した。

月影の顔だけ、狗のそれになっていたからだ。

「見よ！　ぬしにはこの顔が赤く見えると申すか」

確かに、白い毛で覆われたその顔は白いが、なんというか……。

「子どもの屁理屈《へりくつ》ですな」

「煩《うるさ》い！　と、とにかく！　俺はこれから叔父御《おじご》の元に向かうゆえ、後は任せる。……よいか。余計なことは言うでないぞ」

早口に念を押すと、今度は幸之助に勢いよく振り返ってくる。

狗の大きな口が突如迫《せま》ってきたものだから、幸之助は小さな悲鳴を上げた。だが、月影はそんな幸之助の様子を全く気に留めず、

「よいか。こやつが変なことを言い出しても聞くな。耳を塞げ」

ぞんざいに言うと、そばに置いてあった大きな弓を抱え、人間の体に狗の顔という珍妙な格好で出ていってしまった。

その様子を、幸之助はぽかんと見つめていたが、ふと空蟬に目を向けた。

空蟬もこちらを見上げていたが、幸之助と目が合うと頭を下げ、翼を広げてみせてきた。

「坊ちゃまの下僕をしております空蟬です。奥方様におかれましては、どうぞお見知りおきのほどを」

「あ……こ、こちらこそ。幸之助と申します。それで、その……早速で悪いのですが、いくつかお尋ねしてもよろしいでしょうか？」

喋る鴉だの、顔だけ狗の狗人間だの、色んなことが一度に起こり過ぎて混乱する自分を落ち着けながら、幸之助は何とかそう言った。

「はい。何なりと」

「ありがとうございます。では……私は、山神様は千年以上昔にこの地に招かれ、以来ずっと大きなお屋敷に住み、多くの僕を従えて、この地を護ってくださっていると伺《うかが》っております。でも、先ほど月影様は叔父御とおっしゃいました。山神様は月影様お一人ではないのですか？　それに、今まで何人も神嫁を娶っているはずなのに、その……童貞というのは」

おずおず質問すると、空蟬はカアカアと二声鳴いた。

「人間の世界では、そのようなことになっておるのですか」

「……実際は違うと？」

「はい。確かに、山神様はその昔、里人に乞われ、加賀美の里を護る約束を交わされましたが、この地を直接護っているのは、山神様にこの地を護るよう命じられ、神の国より遣《つか》わされた狗神様ご一族」

「イヌガミ……？」

「山神様の眷属《けんぞく》でございます。まぁ、稲荷《いなり》神社の狐のようなものと思っていただければ」

そう言われ、幸之助はようやく、月影が狗の姿をしていることに合点《がてん》がいった。

「山神様のご家来衆《けらいしゅう》のようなものなのですね。……一族でこの地を護っているとおっしゃいましたが、月影様の他にも狗神様が？」

「たくさんいらっしゃいます。今は坊ちゃまの父君であり、一族の長である白夜様《びゃくやさま》と、その弟で、坊ちゃまの叔父にあたる黒星様《くろぼしさま》を中心に、数十名の狗神様が力を合わせ、この地を護っております」

「力を合わせてって……里を護るのは、そんなに大変なことなのですか？」

思わず、聞き返してしまった。神は強大な力を持った存在だから、加賀美の里一つ護るぐらい容易《たやす》いことだと思っていたからだ。

「神の眷属といえど、万能というわけではないのです。なんと言いますか、特化型なのです。

中には万能型の天才もいらっしゃいますが……妖術《ようじゅつ》はからきしなれど、魔物を滅する力に秀でている。または、運動神経は皆無《かいむ》なれど、天候を操る術、植物を成長させる術などに秀でていると言った具合で」

なので、各《おのおの》の得意分野に合った任に就《つ》くとともに、里人たちからの信仰心《しんこうしん》を力に変えて、日々疫病や飢饉を招く化け物から里を護り、豊かな地にしているのだという。

さらに、狗神社会は俸禄制《ほうろくせい》で、身分や働きによって、里人からのお供え物や山神からの褒《ほう》美《び》を禄高《ろくだか》として分配しているのだそうで……。

「……ま、まるで、人間のようですね。あ……では、先ほど月影様が武装して出ていかれたということは」

「はい。坊ちゃまは、里に仇《あだ》なす魔物を討伐《とうばつ》する隊で、一雑兵《いちぞうひょう》として働いておられます」

雑兵。その言葉に、幸之助は「えっ」と驚きの声を漏らした。

月影の父、白夜は一族の長。ということは、月影は一族の大事な跡取り息子のはずだ。それなのに、身分の低い……しかも、危険を伴う職に就けるとはどういうことなのか。

「白夜様のご意向です。武芸だけ秀でていても、術もろくに使えぬ輩は、この扱いが妥当《だとう》だと。……白夜様は、坊ちゃまのことを大変歯がゆく思っていらっしゃるのです。ご自身が、普通の狗神の十数倍の力と妖力を持った天才ゆえ、……全く、坊ちゃまはまだ十八になったばかりですのに、せっかちなことでございます」

「十八っ？」

聞き捨てならない単語に、幸之助は声を上げた。

「十八って……月影様は、十八歳なのですか？　八百歳ではなく？」

「はい、厳密に言うと昨日で十八になられました。ですので、嫁をもらうのは奥方様が初めてですし、ご経験も……初めては奥方様にと決めておられたようで、まだ……あ、そう言えば、奥方様も昨日で十八におなりになられたんでしたね。おめでとうございます」

「あ、あ……どうして、私の誕生日を知って」

「それは、奥方様が坊ちゃまの神嫁だからでございます。神嫁は、娶る狗神と同じ日に生まれた者が選ばれるので」

幸之助は驚愕した。千年も生きている遠い存在だと思っていた結婚相手が、自分と同じ、同年同日に生まれた十八歳の青年だったなんて！

その事実に動揺し、何も言えない幸之助を尻目に、空蟬はさらにこう続けた。

「で、話を戻しますと、坊ちゃまは三日前、屋敷から追い出されました」

「お、追い出されたっ？」

「可愛い子には旅をさせよでございます。祝言を機に独り立ちして、立派な狗神になれと激《げき》励《れい》されまして」

それは……激励というのだろうか？

「しかし、あまりに急なことでしたので、坊ちゃまも面食らいまして、とりあえず、初夜のための……もとい、奥方様がお休みになるための布団だけを担いで屋敷を出まして」

「はぁ？　お布団だけっ？」

「はい、お布団だけ」

少し想像してみる。父親からいきなり家を出るよう言われて、初夜の布団だけを担いで出ていく月影の姿を。すると、無性に――。

「……ぷっ！　ははは」

あまりにもおかしくて、思わず噴き出してしまった。

「他に持っていくものがいくらでもあったでしょうに……はは」

「はい。それだけ坊ちゃまは助平で、生活能力が皆無なのでございます。ですから、このぼろ屋……もとい、あばら家……失礼、住まいを見つけるので精一杯」

「……え？　住まいって……こ、ここは、初夜をするためだけの場では」

「いいえ、ここが坊ちゃまと奥方様のお住まいになります」

きっぱり言い切ると、空蟬はチョンチョン飛んで、幸之助に近づいてくると、

「奥方様には本日より炊事《すいじ》、洗濯、この庵の修繕《しゅうぜん》ほか、諸々《もろもろ》やっていただくことになります」

「ええっ？」

「大丈夫でございます。私がしっかり、口を出してお助けいたしますので」

どうぞよろしくお願いいたします、と頭を下げられ、幸之助は口をあんぐり開けた。

改めて、室内を見回してみる。ぼろぼろに破れた障子《しょうじ》、ひび割れてところどころ崩れて穴が開いている土壁《つちかべ》。そして、部屋にある日用品は布団一式だけ。

おそらく、里のどの家よりも粗末《そまつ》な家で、ひどい状況だ。

――山神さまはたくさんの召使いと一緒に、大きなお屋敷に住んでて、お嫁に行ったら、お姫様みたいにいっぱいぜいたくさせてもらえるんよね？　神嫁さま、いいなぁ。

（……あの子たちがこれを知ったら、泣き出すだろうな）

想像していたモノとの落差に呆然《ぼうぜん》とし、とりとめもなくそんなことを考えてしまった。

とはいえ、ひどくほっとしている自分がいた。

やはり神嫁が贄というのは、自分の勘違いだったのだという安堵《あんど》の気持ちは勿論のこと、

――……ヨメ、すまぬ。ぬしと一刻も早く夫婦になりたくて焦ったのだ。

初夜に使う布団だけを持って家を出るほど、初夜に並々ならぬ思いがあったはずなのに、幸之助の気持ちを汲《く》んで、抱くのをやめてくれた月影。

（すごい好色家みたいだけど……お優しい方だ）

月影が自分と同じように親がいる、同い年の青年だと知ったことで、月影の存在を近しく思えるようになった今、素直にそう思うことができた。

その後、幸之助は空蟬が昨夜のうちに運んでおいたという、幸之助の嫁入り道具一式が置かれた庭先に案内された。よく見ると、昨日幸之助が乗り捨てた馬まで連れてきている。ただの鴉にしか見えない空蟬が、どうやってこんな大荷物を一羽で運んだのか。

不思議に思いながらも、幸之助はまず、嫁入り道具の中から自分の着物と袴を引っ張り出した。こんな白無垢姿では、仕事ができない。

着物と袴に着替え、たすき掛けすると、幸之助は嫁入り道具を整理し始めた。

里人たちが用意してくれた嫁入り道具の中には、衣類や家具の他に、包丁や鍋などの日用品が多数入れられていた。幸之助に料理を教えてくれた女たちが入れてくれたのだ。

——これで、料理の腕を存分に、山神様に披露《ひろう》してくださいね。

(……おばさんたち、ありがとう)

中身を一つ一つ確認しながら、改めて里人たちに感謝した。

中身を確認し終えた後は、宣言どおり口しか出さない空蟬の指示の元、家具を配置した。

空蟬はおっとりした喋り方ながら、なかなか几帳面《きちょうめん》な性格らしく、

「その棚はもう少し右でございます。……あ、行き過ぎでございます。米粒二個分左に！」

両の翼を広げ、その場で飛び跳ねながら、細かく指示してくる。その姿を見ていると、

(不吉なものって言われてるけど、案外……鴉って可愛いな)

何とものほのとした気持ちになって、細か過ぎる指示も気にならなかった。

それに……月影がびっくりするぐらい、部屋を綺麗にしたいと思った。

昨日、たくさん気を遣わせてしまったから、お詫びの気持ちを込めて……そう思えるくらい、幸之助の心には余裕が生まれていた。

「いやあ、嫁入り道具様々でございますなあ」

片づけが終わった後、何とか生活していけるぐらいには、体裁《ていさい》を整えられた部屋を見て、空蟬が満足げに一声鳴いた。

「そうですね。あ……そうだ、空蟬さん。月影様の好物を何か教えていただけないでしょうか。初めての夕餉《ゆうげ》は、好物をお出ししたいです」

「坊ちゃまの好物でございますか？　そうですな、今の時期ですとタラの芽ですかな。ふきのとうもお好きですが……そうだ。山菜を採りがてら、このあたりを散策いたしますか？　危険な場所など、早めに知っておいていただきたいですし」

「はい！　ありがとうございます」

ということで、今度は山菜採りがてら、あたりの散策に繰り出した。

山深い加賀美の里より、さらに奥ということもあり、庵の周辺は鬱蒼《うっそう》とした木々に覆われ、昼でも薄暗いほどだった。

しかし、わずかに跡が残る獣道を進んでいくと、日当たりのいい小さな野原に出た。

そこには、タラの木をはじめ、栗《くり》や柿などの食用になる木や、山葡萄《やまぶどう》などの薬用になる木がたくさん生えていたものだから、幸之助は目を輝かせた。

(こんなにたくさん！　献立《こんだて》を考えるのが楽しみになりそうだな)

浮き立った気持ちでそんなことを考えながら、月影の好物だというタラの芽を摘《つ》み、雲一つない真っ青な空にかざしてみる。

ちょうど食べ頃の、美味《おい》しそうなタラの芽だ。

(何を作ろうかな。天ぷらにするのが美味しいんだけど、さすがに油なんてないし……味噌汁にでも入れてみようかな？)

嫁入り道具と一緒に持たせてもらった食材を思い返しながら、そう思案した時だ。

——……マデ、モ……イ、ツ……マデモ……ッ！

「……っ！」

声が聞こえる。……いや、声と言っていいものか。人間のような、獣のような……それさえ判別もできない奇怪《きかい》な声……何かが断末魔のような声を上げ、絶叫している。

ぽかぽかした春の陽気と可愛い野花に溢れた野原にはあまりにも不似合いな、おぞましいその声に身を竦ませると、幸之助の肩に乗っていた空蟬が顔を上げ、カアと一声鳴いた。

「ははあ、これはこれは……坊ちゃま、やらかしましたな」

「……やらかした？　この声……月影様と、何か関係があるのですか？」

「おや？　奥方様はあれが何の鳴き声かご存じないのですか？　……ふむ。では、これより坊ちゃまの職場にお邪魔いたしましょうか」

「え？　お、お邪魔するって……今からですか？　でも……あ」

「ささ、こちらでございます」

百聞《ひゃくぶん》は一見《いっけん》に如《し》かずです。そう言って飛んでいく空蟬を、幸之助は慌てて追いかけた。

月影がどんな仕事をしているのか知りたかったし……あの鳴き声は怖いけれど、空蟬が気軽に寄っていこうというくらいだから、実は大したものではないのだろうと思ったのだ。

だが、すぐに……その甘い考えが、木《こ》っ端微塵《ばみじん》に吹き飛ぶようなことが起こった。

飛んでいく空蟬を追いかけていると、不意に空が陰った。

雲だろうかと何の気なしに顔を上げて、幸之助は心臓が止まりそうになった。

鳥が、飛んでいる。

ひどく大きな……翼長《よくちょう》が十六尺以上ありそうな、巨大な鳥が。

それだけでも異様だが、特筆すべきはその鳥の姿だ。

しわくちゃの老人のような顔に、折れ曲がった鳥のくちばし。どこを見ているのか分からない、明後日《あさって》の方向を向いた虚《うつ》ろな赤い目。

大蛇《だいじゃ》のような体から生えた翼から覗く大きな爪は、刀のように鋭い。

そんな、この世のものとは思えぬほどに醜悪《しゅうあく》な姿をした巨鳥が、鋸《のこぎり》のような歯が並ぶくちばしを開き、蛇のような赤い舌を出しながら、「イツマデモ、イツマデモ」と鳴いている。

「以津真天でございます」

あまりの恐ろしさに声も上げられない幸之助に、空蟬が淡々と告げる。

「……イツ、マデ?」

「疫病をまき散らし、死肉を喰らう怪鳥でございます。どこからともなく現れては、加賀美の里を荒らそうとする迷惑な連中です。あ……見つからないようご注意ください。見つかったら最後、喰い殺されますので」

「く、喰い……っ?」

事もなげに言われたその言葉に、全身の血の気が引いた。刹那、つんざくような悲鳴があたりに轟いた。

あまりの爆音に耳を塞ぎながら空を見上げると、上空でのたうつ以津真天が見えた。よく見ると、胸のあたりに矢が刺さっている。

だが、以津真天は刺さった矢を咥え、無造作《むぞうさ》に引き抜いた。

——……イツマデモ……イツマデモッ!

「ははぁ。坊ちゃま、今日はかなり苦戦しておられますな」

「! あの矢を射《い》ったのは、月影様なのですかっ?」

「はい、このあたりは坊ちゃまの持ち場でございますから。それに……どうも、今はお一人で戦われているご様子」

その言葉に、幸之助は驚愕した。

確かに、物々しく武装して出ていった。魔物退治《たいじ》が仕事だと聞かされてもいた。でも、まさか……こんなにも恐ろしい化け物を退治しに行っただなんて、夢にも思わなくて……。

以津真天を改めて見上げて思った、その時。

「以津真天ッ！」

怒号とともに、再び矢が飛ぶ。目を向けると、ここから少し離れた小高い丘の上で、以津真天に矢を射る月影の姿が見えた。

「こっちじゃ、以津真天。餌はここにおるぞっ！」

叫びながら、弦《げん》がはち切れそうなほど引き絞った弓から、もう一本矢を射る。

一直線に飛んでいった矢は見事、以津真天の翼に当たった。しかし、以津真天が堕《お》ちることはない。それどころか、月影の姿を認めると、月影めがけ急降下してきた。

大きくくちばしを開いて牙を剝き、両足の爪も広げて、月影に襲いかかる。

だが、月影は一歩も引かない。手に持っていた弓を投げ捨て、腰に差していた刀を引き抜くと、以津真天に向かって構える。迎え撃つ気だ。

雲と見間違うほどに巨大な鳥に立ち向かう月影は、あまりにも小さく、非力に見えた。

手に握っている刀も細く、頼りなくて……とてもあの化け物に効果があるとは思えない。

（……喰われる！）

想像してしまった、月影があの化け物に喰われる光景があまりにも恐ろしくて、以津真天が月影に襲いかかる瞬間、幸之助は目と耳を塞ぎ、その場に蹲《うずくま》った。

耳を塞いでも、以津真天のけたたましい鳴き声が聞こえてくるので、幸之助は耳を塞ぐ手に力を込め、身を硬くする。

怖い。ただただ、ひたすらに怖かった。

どれぐらいの間、そうして震えていただろう。ふと、肩に何かの重みを感じた。

「奥方様、奥方様」

幸之助の肩に降り立った空蝉が、耳元で呼びかけてくる。

「奥方様、もう大丈夫でございますよ」

袖を引っ張られながら言われて、恐る恐る目を開いた。

そこには、月影が一人佇《たたず》んでいるばかりだ。あの化け物はどこへ行ったのかと目を凝《こ》らすと、月影の足元に横たわる以津真天の姿があったものだから、幸之助は目を見開いた。

討《う》ち取った。あんな恐ろしい化け物を相手に、たった一人で……一歩も引くことなく立ち向かい、見事討ち果たした。

（……なんて方だ！）

月影の雄姿に、幸之助の心臓は激しく高鳴った。しかしすぐ、あるものに息を呑んだ。

月影の右腕が真っ赤に染まっている。腕中傷だらけで……ひどい怪我だ。

「ハハ、危なく喰われるところでしたな」

のんびりとした声で空蟬が笑った。

「まぁ、矢が効かぬ以上、口内に刃《やいば》を叩きつけるより道はありませんが、命知らずなことでございます」

「つ、月影様は……いつも、このような危険なことを？」

「まさか。いつもは弓矢にて戦います。されど、今日は力の入った矢を射れなかったゆえ……全く、昨夜あのような無理をされるから」

「昨夜……？」

「落雷の術を使われたことでございます」

そう言えば、月影は妖術が使えないと空蟬は言っていた。それなのに、昨夜は——。

「無理をすれば使えるようですが、その後は疲労困憊《ひろうこんぱい》になり、戦いではほとんど使い物にならなくなってしまうのです。なので、普段は極力使わないのですが、銃口を向けられる奥方様を見て、いてもたってもいられず使ってしまわれたのです」

幸之助の顔が、一気に青ざめる。

「で、では……月影様があのようなお怪我をされたのは、私のせい……っ」

そう思ったら、じっとしていられず、幸之助は月影の元に走り寄ろうとした。

だが、その前に、「いけません」と空蟬が翼を広げて立ち塞がる。

「坊ちゃまは今の無様な姿を、奥方様に見られたくないはず。そっとしておきましょう」

「！　無様って……」

意味が分からなかった。命を懸《か》けて戦った月影の、何が無様だというのか。聞き返すと、空蟬は翼を竦めてみせる。

「坊ちゃま自身がそう思っておられるのです。いかなる理由があろうと、嫁を娶った翌日に大怪我を負うのは、みっともないことこの上なしと」

「そんな……で、でも、怪我の手当てをいたしませんと！」

「そのような暇はありません。このことを速やかに黒星様にご報告せねばなりませんから、手当てしようとしても断られるだけ……おや、そう言っている間に行ってしまわれましたな」

慌てて月影に視線を移す。

そこにはもう、月影の姿はなかった。さらには、あの巨大な以津真天の姿もない。

「以津真天は殺せば消えますからな。片づける手間が省けて、それだけが長所ですな」

暢気《のんき》にそう言って、空蟬はカアカアと笑った。しかし、ふと笑うのをやめたかと思うと、呆然と立ち尽くしている幸之助に向き直り、そろりとこう言った。

「奥方様、これが坊ちゃま……狗神様のお仕事でございます。山神様の駒《こま》として、里のために全てを賭《と》し、戦って死ぬ。ですから……いつ未亡人になっても構わぬ覚悟を、常にお持ちいただけたらと思います」

亥《い》の刻《こく》を過ぎても、月影は庵に戻ってこなかった。

月影の帰りを待ちつつ、囲炉裏の火にかけた、タラの芽の味噌汁が入った鍋をかき混ぜながら、幸之助は空蟬の言葉を反芻《はんすう》した。

——山神様の駒として、里のために全てを賭し、戦って死ぬ。

山神が里を護ってくれている。ずっとそう聞かされていたし、信じてもいた。

けれど、神は万能だから、里を護るのなんて神にとって容易なことだと高《たか》を括《くく》っていた。

だからまさか……山神の命を受けた狗神たちが、あんな恐ろしい化け物に喰われることも覚悟して、里を護ってくれていただなんて、思うはずもなくて……。

自分はそんな狗神たちを、人を喰らう恐ろしい化け物と思っていたのか。

勘違いとはいえ、なんと罰当たりなことを。罪悪感で心が軋《きし》む。そして——。

(月影様……)

以津真天に一人立ち向かう、月影の姿を思い返す。

あんな化け物が牙を剝き出し、迫ってきているというのに、一歩も引かず……いや、それどころか足を踏み出し、向かっていった。

（私には……あんなこと、とてもできない）

狗に喰い殺される悪夢に長年苛《さいな》まれてきた幸之助には、生きたまま喰われるということがどれだけ恐ろしいことか、よく分かっていた。

だから、どうしても喰われたくなくて……喰われずにすむにはどうすればいいだろうと、それればかり必死に考え続けてきた。

そんな臆病な自分だから、思うのだ。月影はすごいと。

（月影様は立派だった。絶対、無様なんかじゃない！）

誰が何と言おうと、その気持ちは変わらない。だから、月影が帰ってきたら、できる限り労わってやるのだ。そう思って、ずっと待っているのに、月影はまだ帰ってこない。

（遅いな。……まさか、怪我がひど過ぎて、どこかで倒れてたりなんてこと……！）

だんだん心配になってきた、その時。戸口のほうからかすかな物音がした。

（月影様！　帰っていらした！）

幸之助はもう寝ていると思ったのか。帰ったの挨拶もなく、音を立てないよう静かに戸を開ける月影の元に、幸之助は一目散に駆け寄った。

「お帰りなさいませ！」

正座して、深々と頭を下げる。そんな幸之助に、月影は目をぱちくりさせた。

「あ……ああ。まだ起きていたのか。休んでおれば……」

「とんでもありません！　遅くまで、お仕事ご苦労様です」

三角巾《さんかくきん》で吊《つ》られた痛々しい右腕を一瞥《いちべつ》して言うと、幸之助は立ち上がって、「お持ちします」と月影が左手に持っている弓に手を伸ばした。だが、

「あ！　待て、これは……っ！」

「わっ！」

月影が言い終わらないうちに、幸之助は声を上げた。月影の手から離れた瞬間、弓が重い音を立てて地面に突き刺さったからだ。幸之助は弓を引き抜こうとしたが、どんなに力を入れても、弓はぴくりとも動かない。

「はは、やはり駄目か。まぁ、この弓は四十貫《かん》以上あるゆえ、人間のぬしにはちと重い……」

「四十貫っ？」

米俵《こめだわら》二つ分以上の重さだなんて……昨夜も、男の幸之助を抱えたまま、木よりも高く飛び上がった跳躍力に度肝を抜かれたが、四十貫以上ある弓を、まるで絵筆を持つかのごとく軽々と……一体どんな腕力をしているのだ。

「あの……月影様は、この矢をどのくらい飛ばすことができるのですか」

純粋な好奇心から聞いてみた。月影は弓をあっさり地面から引き抜きながら首を捻る。

「さぁ？　計ったことがないのう。ただ、一番遠くて五百間先から以津真天を射落としたことがあるゆえ、それ以上は飛ぶはず……」

（五百間っ？　エゲレスの最新式ライフルと同じ有効射程じゃないか！）

しかも、スコープもなしに肉眼で標準を合わせるなんて……本当に、すごい身体能力だ。

だが、いくら腕力があろうと、命を懸けて化け物と戦い、大怪我をした事実は変わらない。

幸之助は気を取り直して、再び口を開いた。

「あ、あの……もうお休みになりますか？　それとも、夕餉を……」

こんな刻限まで何も食べていないとは思えなかったが、一応聞いてみる。すると、月影の大きな耳がピコッと勢いよく立った。

「夕餉っ？　ぬしが作ったのか」

「はい。ご飯とタラの芽の味噌汁と、おひたしと……簡単なもので、申し訳ないのですが」

「食う！」

幸之助が話している途中で、前のめりになりながら、月影が大声を上げる。

「じ、実は、腹が減って死にそうなのだ！　早く食いたい！　すぐ食いたい！」

「……は、はい！　では、すぐ準備いたしますので、居間で待っていてください」

ぱぁっと顔を輝かせ、幸之助は急いで台所へ走った。

今はほんの少しでも、月影を労りたくてしかたなかったから、嬉しかったのだ。

できるだけ綺麗に料理を盛りつけて、囲炉裏のそばで待つ月影の元に運ぶ。そして、月影の前に恭《うやうや》しく料理を置くと、幸之助は月影のそばにそっと座った。

「ヨ、ヨメッ？　どうしたのだ。そのようなところに座って」

「はい、その……失礼ながら、その手では箸《はし》が持てないと思いまして」

お口にお運びいたします。そう言って、小鉢と箸を手に取ると、箸でおひたしを摘《つま》み、

「どうぞ」と遠慮がちに月影の口元に持っていった。

しかし、月影は食べてくれない。大きく目を見開いたまま固まって、微動だにしない。

……もしかして、不躾《ぶしつけ》過ぎた？

「あ、申し訳ありません。私がお嫌でしたら、空蟬さんに……っ」

幸之助が箸を引っ込めようとすると、月影がおひたしに食いついてきた。

「うむ……むう……」

味わうようによく嚙んで、月影はおひたしを飲み込んだ。

今度は左手で味噌汁の椀《わん》を持ち、一口呷《あお》る。味噌汁も味わうように、口の中で少し転がしてから飲み込んだ。

けれど、その後は何も言わない。それどころか難しい顔をして唇を嚙みしめる。

その顔に幸之助はハラハラした。まさか、月影の口に合わなかった？

「つ、月影様、あの……」

「……美味い」

手に持った椀を食い入るように見つめながら、嚙みしめるように月影が呟く。

「こんなに美味い飯は初めてじゃ。飯炊《めした》きは女の役目だというに、男の身でようここまで」

「あ……そ、それは」

「この部屋もそうじゃ。ぬしが片づけたのだろう？　たった一日で、このような……俺の嫁になるために、たくさん精進《しょうじん》してきたのだな」

綺麗に片づけられた部屋を見回しながらしみじみと言われ、幸之助は顔が熱くなった。

理由はどうであれ、ずっと認めてもらいたいと思い続けてきた相手にそう言ってもらえて、自分でも戸惑うくらい嬉しかったからだ。

「そ、そんな……神嫁として、当然のこと……」

「俺は、恥ずかしい」

突然聞こえたその言葉に、幸之助は「え？」と声を漏らし、顔を上げた。

月影が真っ赤な顔で、耳と尻尾を忙しなくパタパタ動かしている。

どうしたのか分からず、幸之助が戸惑っていると、月影は大きく息を吸い、幸之助に体ごと向けてきた。

「ほ、本来なら、かようにみっともないこと、死んでも口にしとうはないが、ぬしがあまりにも立派ゆえ、言う」

早口にそう言ったかと思うと、月影は勢いよく頭を下げてきた。

「すまん！　住まいはかようなぼろ屋、従者も老いぼれ鴉一匹で、今日も……ぬしを嫁にもろうたことに浮かれて、かようにみっともない手傷を負い、余計な面倒をかけた。俺は未熟な半人前じゃ！　ここまで立派な嫁になって嫁《とつ》いできてくれたぬしや、ぬしをここまで育てた里人に申し訳が立たん」

「そんな！　頭をお上げくださいっ」

謝ることなんて何もない。あんなに立派に戦ってきたのに……それどころか、今日苦戦したのも自分を助けたせいなのに、と思わず口にしそうになった。

しかし、幸之助はすぐにはっとした。弾かれたように顔を上げた月影と目が合ったからだ。どこまでも真《ま》っ直《す》ぐな、強い瞳だ。

「だが、俺はこのままで終わる気はない。かように立派な嫁を俺にくれた、里人への恩に報《むく》いるためにも、一刻も早う、ぬしに釣《つ》り合う立派な婿《むこ》になるゆえ、少しだけ我慢してくれ」

きっぱりと言い切る。そんな月影に、幸之助は胸が苦しくなった。

幸之助のせいで、あんなにも大変な目に遭ってきたというのに、それをおくびにも出さず、幸之助のことを気遣い、こんなふうに頭まで下げて——。

（私は……月影様が喰われそうになっても、何もできなかったのに）

それどころか、助けようなどと欠片も思わなかった。ただただ……怖い。こちらに気づいて襲いかかってきたらどうしようと、そんなことしか考えていなかった。

自分の矮小《わいしょう》さ、醜《みにく》さを突きつけられた気がした。

月影に比べ、自分はなんて浅ましいのだろう。

身の置き所もないくらい恥ずかしくて、全身が震えた。

だが、自分を恥じれば恥じるほどに、こうも思った。

自分の夫は心優しい、とても立派な男だと。

だから、月影が相手なら……これから、頑張れる気がした。

月影のいい嫁になるための努力と、月影といい夫婦になるための努力を。

そう思った瞬間、真っ暗で先がまるで見えなかった自分の未来に、明るい日の光が零れたような心地がした。

今までは、自分の夫となる相手がどういう神様なのか、まるで知らないばかりか、もしかしたら自分を喰う化け物かもしれないと、怯《おび》えるばかりだったから。

これから人生をともに歩む相手が、月影のような神様でよかった。

そう、思ったら……、

――山神様はきっとお前を大事にしてくださるよ。

――幸せにね。

昨日里人たちにかけてもらった言葉の数々が、今更《いまさら》ながら心にじわりと沁《し》み込んできた。

そしたら、どうしようもなく目頭《めがしら》が熱くなってきて……。

「！　ヨ、ヨメッ？　い、いかがしたっ」

幸之助の目から涙が溢れ出る様を見て、月影の毛という毛が逆立った。

「なぜ泣くっ？　お、俺は何かひどいことを言うたか……」

「坊ちゃま」

突然泣き出した幸之助に月影が慌てふためいていると、屋根裏の寝床から顔を出した空蝉が、呆れた声で呼びかける。

「もう奥方様を泣かせたのですか？　甲斐性がなさ過ぎます。いくら童貞とはいえ」

「だ、黙れ！　童貞は今関係なかろうっ。確かに、かようなぼろ屋と老いぼれ鴉一匹ですまぬと詫びはしたが」

「それがいけなかったのでございます。貧乏暮らしをせねばならぬばかりか、私のようなか弱い年寄りを捕まえて、老いぼれなどと……なんと血も涙もない夫かと絶望された」

「誰がか弱いだ、この物臭爺《ものぐさじじい》！　大体、ぬしはそこで何をしておる。ヨメの身の周りの世話をするのがぬしの仕事だというに、ヨメに家事を押しつけて高いびきとは何事……」

「……よ、よいのです」

幸之助は震える声を振り絞り、空蝉を叱る月影を制した。

「空蝉さんを、叱らないでください。私が……望んで、したことです」

「……ヨ、ヨメ？」

「はぁ……申し訳ありません。お見苦しいところを……っ」

涙で濡れた目を袖でこすりながら謝ると、その手をやんわりと摑まれた。

「そのようにこするな。傷がつく。それで、何が悲しくて泣いた？　俺が悪いなら」

「いえ。私は……嬉しかったのです」

月影が目をぱちくりさせる。そんな月影に、幸之助は笑ってみせる。

「ずっと不安だったのです。人間の私に、神様のお役に立てることなんてあるのかと。でもこうして、私にもやれることがあった。それが、嬉しいのです」

そうだ。贅沢な暮らしなんて、最初からいらなかった。

自分を大事に思ってくれる、敬愛すべき夫がいて、自分がそのお世話をする。

それだけで十分だと、神嫁が贄であると勘違いする以前は夢見ていたし、勘違いしなければ、ずっとそう思い続けていたはずだ。

「ですから、どうぞこれからも家のことは私にやらせてください」

「ヨメ……っ！」

「私にも、頑張らせてください。頑張る月影様に、これ以上置いていかれないように！」

月影の手を思わず摑み返し、そう訴えた。瞬間。

ポポポポポ……ンッ！

どこかで、たくさんの鼓が打ち鳴らされるような音が響いた。

「こ、これは何の音でしょう？」

あまりに大きな音にびっくりしながら尋ねたが、月影は何も言わない。なぜか、べしべしと尻尾で床を叩きながら、袖で顔を隠すばかりだ。

「お庭に出てご覧なさい」

何も言わない月影に代わり、空蝉が溜息交《ためいきま》じりに言った。

縁側に出る戸を開いてみる。そして、幸之助は「あっ」と声を上げた。

たんぽぽが咲いている。庭一面を黄色で埋め尽くすぐらい、たくさんの——。

昼間はこんなに咲いていなかった。それなのにどうして……。

「坊ちゃま、またやらかして」

背後から聞こえてきたその言葉に、幸之助は振り返る。

「このたんぽぽ、月影様が咲かせたのですか？」

「はい。坊ちゃまは『芽吹きの術』などは全く使えないのですが、嬉しいことがあると無意識のうちに雑草を生やしてしまう悪癖《あくへき》がございまして」

「ざ、雑草などと申すな！　せめて、野花と……っ！」

「すごいです！」

幸之助は月影に駆け寄り、興奮気味に言った。

「私、たんぽぽが大好きなんです！　だから、こんなにたくさんのたんぽぽに囲まれて暮らせるなんて、夢のよう……」

「奥方様！　そのようなことをおっしゃいますと、また」

空蝉が制止したが、遅かった。たんぽぽの咲く音が盛大に、夜の空に響き渡った。


いい神嫁になろう。

そう決意を新たにした翌日から、幸之助は再び頑張り始めた。

家事は勿論のこと、ここで生きていくための知識……地形の読み方、天気の読み方、薪《たきぎ》や山菜が採れる場所など、すること、覚えることは山積みだった。

だが、ここでも里人たちから教えてもらった知識が大いに役立ち、一つ一つ要領よく覚えていけた。

それに、夫が得体の知れない遠い存在だった今までと違い、目の前にいて、幸之助が着替えを手伝ったり、手料理を出したりするたびに嬉しそうに尻尾を振ってくれるから、張り合いが出ていく一方で――。

と、自分に与えられた仕事については、殊《こと》の外《ほか》順調にこなせていけたと思う。

けれど、それ以外のことは……はっきり言って、何もできなかった。

化け物は退治できないし、頭も良くないし、月影が仕事に使う武器さえ、重過ぎて手入れもできない。

なぜこんなことを考えるのかと言えば、月影の腕の傷がその理由だ。

以津真天に喰われかけた月影の右腕は、幸之助の想像よりもずっとひどいものだった。鋸のような牙に嚙みつかれたせいで、肉はズタズタに引き裂かれ、骨も何か所か折れていて……どう見ても、絶対安静にしていなければならない大怪我だ。

当然、月影はしばらく仕事を休むものだと思っていた。

だが、怪我をした翌朝。月影は仕事に行くなどと真顔で言い出した。

その怪我で何を言うのだと慌てて止めたが、月影は頑として聞かない。

「ぬし……神嫁を娶ったからには、俺はこれまで以上の働きをせねばならん」

その言葉に、幸之助は首を捻った。

「神嫁は、里人が山神様への忠誠を示すための証と伺っておりますが……」

「それもある。だが、当然別の思惑もある。ぬしを捧げるのだから、里をますます豊かにしてくれて然《しか》るべきという思いがな」

「そ、それは……」

「人と神の関係とて、所詮《しょせん》はただの利害関係よ。益がなければ、信仰などせん」

月影はあっさりと、冷《さ》めた口調で言い切った。

「俺が仕事を怠《おこた》れば、里人はこう思う。ぬしを捧げたのにどういうことだとな。そして、山神様に不審感を抱き、信仰心や供え物が減る。……信仰心や供え物は、人間界の年貢《ねんぐ》と違い、供える量が決まっているわけではないし、強制もできぬゆえな。細心の注意を払わねばならん」

またその逆、狗神についても然り。

神嫁を娶った途端働きぶりが悪くなれば、こちらは命がけで護っているというのに、ろくな嫁を寄越さなかったのかと里人に不満を抱かせ、やる気を損なわせてしまう。

「里人と狗神が良好な関係を続けていくためにも、神嫁を娶った狗神は人並み以上の働きをせねばならん。それゆえ、俺は休むわけにはいかんのだ」

その説明に、幸之助は面食らった。

今まで、人間は神に比べて圧倒的に下の存在だと思っていた。だから今回の嫁入りも、神側が一方的に里の忠誠心を計るものだという認識でいた。

だが、月影は人と狗神をほぼ同等の立場で見ている。おまけに、ものの見方が合理的かつ、ひどく冷ややかで——。

(月影様……昨日とはまるで別人のよう)

温《ぬく》もりも何も感じられない言い草に戸惑う。すると、月影はふと表情を和《やわ》らげて、

「はは、心配いたすな。俺はもうヘマはせん。このように可愛い嫁を俺にくれたあの里を、ずっと護っていきたいゆえな。安心して待っておれ」

幸之助の頭を優しく撫でると、笑って出ていく。その背を、幸之助は呆然と見送る。

(……不思議な方だ)

人間は益がなければ神を敬わないと切って捨てておきながら、里をずっと護っていきたいからと、怪我を押してまで仕事に出ていくなんて。

理解できなかった。けれど……。

その後も、月影は毎日仕事に出続けた。

弓や刀の手入れも欠かさないし、弱音も一切吐かない。苦しい顔だって一つも……いや、

「月影様、顔色が悪うございま……っ！」

「顔が白いのは生まれつきじゃ。気にするな」

顔だけ狗に変えて、誤魔化《ごまか》して――。

そうやって、毎日真摯《しんし》に己《おのれ》の務めを果たし続ける月影をそばで見つめ続けるうち、幸之助はようやく理解した。

この男は冷たいんじゃない。ありのままに物事を直視しているのだ。感情に左右されることなく、いいところも汚いところも目を逸《そ》らすことなく、冷静に……真っ直ぐと。

その上で皆を好きだと言い、皆を繋《つな》ぐ架け橋になろうと頑張っている。

そう思い至ると、幸之助の心はぎゅっと締めつけられた。

月影は自分や幸之助のことだけでなく、里や狗神、山神のことまで全部考えている。その上で神嫁を娶った役目に責任を持ち、傷つきながらも懸命に使命を果たそうとしている。

それなのに、自分はどうだ。もしかしたら喰われるのではと怯えるばかりで、神嫁を娶る

側のことをまるで考えていなかった上に、得物である弓を手入れする腕力も、化け物に立ち向かう勇気もない。それどころか……。

「……ヨメ、ヨメ。起きろ。……大丈夫か？」

毎夜、以津真天の悪夢にうなされて、月影に気を遣われる始末だ。

情けない。同じ男で、同じ日に生まれたというのに、なぜ自分だけこんなにも駄目なのか。

「月影様、床を別にしてください。お休みの邪魔をしてしまうので……っ」

せめて、月影の睡眠を邪魔したくなくてそう申し出たが、言い終わらないうちに大きくてふさふさした尻尾を背に回され、引き寄せられる。

「馬鹿を申せ。それではぬしが一晩中うなされるではないか。そう思うたら、余計に眠れん。……ゆえに、気にするな。これは俺の我が儘じゃ」

幸之助を逃がさないように、月影が幸之助の体を尻尾でくるみ直す。

「さぁもう一度休め。……案ずるな。怖い夢を見たら、またすぐ起こしてやる。俺はぬしと違うて家事はからきしだが、悪いものを追い払うのは得意ゆえな」

あやすように、幸之助の頬を柔らかな肉球で撫でてくる。その所作も、見つめてくる瞳もとても優しくて、幸之助は思わず、月影の毛並みのいい柔らかなお腹に顔を押しつけた。

これ以上見つめ合っていたら、泣いてしまいそうな気がしたからだ。

月影は、本当に優しい。

初めて会った夜も、怯えることしかできなかった幸之助に、一生懸命気を遣ってくれたが、大怪我を負って、色々辛い思いをしているだろう今も、弱音を吐くどころか、当たり散らすこともしない。いつもにこにこ笑って、こうして毎夜優しく寝かしつけてくれる。

しかも、その気遣いには、押しつけがましさや渋々といった負の感情がまるで見えない上に、こちらが一番弱って、脆《もろ》くなっている箇所を的確に見抜き、優しく寄り添ってくるから……強がることも拒むこともできず、気がつけば甘えてしまう。

月影は今、とても大変な時で、自分のほうが月影を支えなければならないと、分かっているのに――。

（……ごめん、なさい）

駄目な自分が恨《うら》めしく、月影に悪くてしかたない。

でも……それと同時に、幸之助は不思議に思っていた。

月影は、怖くないのだろうか。いくら役目とはいえ、自分を喰おうと襲ってくる、あんな恐ろしい化け物を相手に、逃げ出したいとは思わないのか。

「あの……空蟬さんから聞いたのですが、月影様が以前おっしゃっていた以津真天とは、この世のものとは思えないほど醜い容姿の、恐ろしい化け物なんだとか」

化け物を相手にするのは怖くないのか。その疑問をぶつけようとすると、

「恐ろしい？　……むう」

月影が突然唸った。どうしたのかと尋ねると、月影は両の耳をぺたんと下げた。

「ぬしは、以津真天が元は何か知っておるか？　……人間じゃ。飢餓や疫病などで野垂れ死に、そのまま屍《かばね》を放置された人間たちの怨念《おんねん》が凝り固まったもの、それが以津真天じゃ。『いつまでも』という鳴き声も、『我が屍をいつまで放っておくのか』という意味だとか」

そのことを知ってから、月影は以津真天が違って見えるようになったのだという。

「あやつらが醜ければ醜いほど、おぞましい声を張り上げて鳴けば鳴くほど……俺はあやつらが、どうしようもなく憐《あわ》れに思えるのだ」

彼らの醜悪さ、鳴き声の大きさは、生前、彼らが味わった苦痛や絶望、そして孤独《こどく》の深さに比例しているのだから。

「本当は、あやつらの屍を探し出し、供養《くよう》してやるのが一番いいのであろうが、我らにそのような余裕はない。加賀美の地を護るのに手一杯。それゆえ」

里人があのような姿にならぬよう、力を尽くすばかりじゃ。

そう言った月影の横顔は、ひどく悲しげだった。

その顔を見て、幸之助はふと思い出した。そう言えば、以津真天を討ち果たした時、月影は使える左手だけで、以津真天を拝《おが》んではいなかったかと。

そう思い至った瞬間、幸之助は頭を金槌《かなづち》で殴られたような衝撃を受けた。

この男は、自分を喰おうとする対象に向かっていける勇気を持っている上に、彼らのことを理解し、憐れんでさえいる。

目線が違う。この男は、命のやり取り以上の視点から物事を見ている。

（……本当に、すごい方だ！）

もうここまで来ると、素直に感動するしかなかった。それに——。

「ヨメ、今度からは俺と一緒に飯を食え」

ある日の夕餉時、月影の分だけ料理を用意する幸之助に、月影はそう言った。

「え……で、でも、私は……」

「我らは夫婦、家族なのだぞ？　家族は一緒に飯を食うものだ」

「！　か、家族……」

思わず、素っ頓狂な声を上げてしまった。

「むう？　どうした、何を驚いておる。このような当たり前のことを」

真顔でさらりと言われ、幸之助は胸を高鳴らせた。

幸之助には、家族と呼べる人間が一人もいない。育ててくれた里長一家は、神からの預かりものとしか見てくれなかったし、肉親である両親も弟の福之助も、幸之助を大事に思ってはくれたけれど、最後の最後まで……「神嫁様」としか呼んでくれなかったから。

けれど今、月影が自分を家族だと言ってくれた。

嬉しかった。誰とも繋がっていなかった縁《えにし》の糸が、初めて結ばれたようで。

月影は、自分に尊敬の念だけでなく、こんなにも温かい縁をくれた。

そう思ったら、幸之助の中で何かが吹っ切れた。

できないことを嘆《なげ》いている暇があったら、できることをやろう。

少しでも、月影の役に立てるように。

そんな思いの元、幸之助は傷ついた月影の負担を減らせるよう、できる限りのことをした。

傷によく効く薬草を探し回ったり、滋養《じよう》にいい献立を考えたり、利き腕が使えず不自由している月影の世話を焼いたり、それから……。

「月影様、これ……飲んでみてください」

「むう？　なんだ、茶か？　これがどうし……うむ！　美味い！」

「ほ、本当ですかっ？」

「うむ！　今まで味わったことがない味だが、気に入った。毎日飲んでもよいぞ」

「よかった。それ……月影様が咲かせた、たんぽぽで作ったお茶なんですよ？」

幸之助がそう言った途端、ブンブン動いていた月影の尻尾がぴたりと止まった。

「俺が咲かせた……たんぽぽには、このような使い道があるのか」

「はい。たんぽぽって、綺麗なだけじゃないんですよ？　美味しいし、体の疲れを取ってくれるし……邪魔なだけの雑草だなんて、とんでもないです！」

空蟬があまりにも、ついたんぽぽを咲かせてしまう力を馬鹿にするせいか、月影はこの力が悪いものだと思っている節《ふし》があった。

だから、少しでもこの力は素敵なものだと伝えたくて、幸之助はこのたんぽぽ茶を作った。

「いつも、こんな素敵なものを咲かせてくださって、ありがとうございます」

恭しく頭を下げてみせると、月影の尻尾が忙しなく動き始めた。

「……ぬしは」

「はい？」

「いや、その……ぬしは……この茶、好きか？」

遠慮がちに訊《き》いてくる。幸之助が笑顔で頷いてみせると、月影の顔がぱあっと華《はな》やぐと同時に、ポポンとたんぽぽが二輪咲く音が聞こえてきた。

「なら、また作れ。それから……これからは、ぬしも一緒に飲んでくれ」

はにかんだ顔で言われたその言葉で、ここまでの味に仕上げるまでにかかった数週間の努力が全部報われた気がした。

（私にはこんなことしかできませんが……早く、元気になってくださいね）

こんなふうに、幸之助なりに一生懸命、月影に仕《つか》えてきたつもりだ。それなのに――。

「……っ、月影様っ？」

ようやく月影の腕の怪我が完治して、包帯が取れた夜のこと。

今ある食材で一番豪勢《ごうせい》な料理を作って、そのことを祝っていると、月影がおもむろに箸で摘んだ煮物を、幸之助の口元に差し出してきた。

「ほら、ヨメ。口を開けい」

「ど、どうしてです……？」

戸惑いながら尋ねると、月影は「お返しじゃ」と耳の先をこれ見よがしに動かしてみせた。

「ぬしには今まで、たくさん飯を食わせてもろうたからのう。お返しがしたいのだ」

「そんな……私は、別に……嫁として、当然のことをしたまでで、あの……」

「ふむ。では、これは稽古《けいこ》ということにしよう」

「け、稽古？」

「うむ！　指を動かす稽古じゃ。だから、ほれ」

あーん。と、いよいよ煮物を突き出してくる。

稽古と言われては断れない。幸之助はおずおずと口を開け、煮物にかぶりついた。

すると、なぜだろう。猛烈《もうれつ》に恥ずかしくなって、幸之助は頬を染めた。

ものを食べさせてもらうだなんて、赤子みたいだから？

理由を色々考えたが、とにかく月影に飯を食わせてもらうたびに顔が熱くなって、胸がドキドキして、ひどく落ち着かない。

「ハハ、そのように顔を赤《あこ》うして！　俺の気持ちが少しは分かったか」

真っ赤になった幸之助の顔を覗き込み、月影がからから笑う。

そう言えば、月影も幸之助に飯を食わせてもらうたびに、空蟬にからかわれるほど顔を真っ赤にしていた。

あの時は、これくらいのことで何を恥ずかしがっているのだと思うばかりだったが、まさかこんなに恥ずかしいことだったなんて……！

と、今更ながらに月影の気持ちが分かったわけだが、それにしたって、

「ぬしは食い方も可愛いのう。小さな口でもふもふと、リスみたいじゃ」

ポポポンとたんぽぽが同時に三輪も咲くぐらい面白がりながら、飯を食わせてくる月影のにまにました顔を見ていると、幸之助はだんだん腹が立ってきた。

（わ、私は、月影様が恥ずかしがっても、一度だってからかったことはないのに！）

そんなものだから、

「！　ヨ、ヨメ……ッ？」

「月影様、どうぞお口を開けてください」

自分の煮物を箸で摘み、月影の口元に持っていく。

「お、俺はもうよい。手は治ったのだから、自分で食える……」

「しかし、私に食べさせているから、自分は食べられないでしょう？　だから、ほら」

あーん。わざと月影の真似《まね》をして促す。途端、月影の顔が一瞬にして真っ赤になった。

「むう……ヨメ、覚えていろ！」

耳の中まで赤くなった顔で煮物を咀嚼《そしゃく》する月影に、思わず笑みが零れる。

（ふふ、すごく悔《くや》しそう。可愛い……って！）

たった今自分が考えたことに、幸之助はぎょっとした。

（わ、私はなんてことを考えているんだ！）

仕返しされて悔しがる夫を可愛いなど、不敬にもほどがある。

――夫婦とはいえ、相手は神様でお前は人間。決して平等だと思うな。常に敬意と畏怖《いふ》の念を持ち、従僕《じゅうぼく》になったつもりでお仕えするように。

そう教え込まれて育った幸之助にとって、これはありえないことだった。

（駄目だ。月影様はご主人様なんだぞ。いくら可愛いからって可愛いと思っちゃ……ああ）

また無意識のうちに思ってしまったことに頭を抱える。

そうなのだ。最近、幸之助は月影が可愛く見えてしかたない。

最初に可愛いと思ったのは、狗型の時の月影だった。

出会った頃は、喰われれるかもしれないという不安で怖いばかりだった。

だが、月影が自分を喰わないと確信してからというもの、恐怖は薄れていき、代わりに生来の犬好きの感情がむくむくと湧《わ》き上がっていった。

狗の時の月影は、仕草が一々愛くるしい。尻尾と一緒にお尻も振ってしまうところとか、雄々《おお》しい姿とは裏腹な、柔らかい桃色の肉球だとか。……昔飼っていた犬のそれによく似ていることも相まって、身悶《みもだ》えするほど可愛くて、愛着は増していくばかりだった。

すると、今度は人型の月影さえ、何だか可愛く思えてきた。

初めは耳と尻尾に対してだけだったが、そのうち……苦いものが嫌いで甘いものが好きという童のような舌も、耳や尻尾同様、感情表現豊かな顔も、からかわれては盛大にあたふたするところも、とにかく一々微笑《ほほえ》ましくて……！

月影に好意を持つのはいいことだと思う。より一層、神嫁の仕事に張り合いが出るから。けれど、童のようで可愛いだの、からかうと面白いだなんて好意の寄せ方は言語道断だ。

(間違えるな。月影様は尊敬すべき、私のご主人様。敬意を持て！)

必死に自分に言い聞かせた。しかし——。

「実はな。ずっとずっと、ぬしに色々してやりたかったのだ！」

怪我が治ってからというもの、月影はますます無邪気に幸之助にじゃれつき、世話を焼くようになった。

仕事帰りには必ず、幸之助が好きな果物などの土産《みやげ》を持って帰ってくるし、非番の日は家事も手伝ってくれる。月が綺麗な夜や、綺麗な花を見つけた時などは、月見に行こう、花見に行こうと言って、幸之助を外に連れ出してくれて……。

それが、今までの看病への礼や、こんなぼろ屋に住まわせてすまないという詫びの気持ちからくるものだったら、きっぱりと断っているのだが、

「ヨメ！　二人で何かするのは楽しいのう」

ポンポンたんぽぽを咲かせながら、嬉しそうにそう言われては断れない。

それどころか……自分も、自分一人で作ったご飯より、月影と一緒に作ったご飯のほうが美味しいし、綺麗な花も月も一緒に見たほうがずっと綺麗だと思っていた。だから、月影も同じことを考えてくれていたのかと思うと嬉しくて……って！　いやいやいや！

（駄目だろう！　ご主人様に家事をさせて喜んじゃ！）

このままではまずい。神嫁の役目に支障をきたす。

危機感を抱いた幸之助は悩んだ末、空蟬に相談することにした。

とても月影の下僕とは思えない言動ではあるが、月影のことを熟知していて、それとなく月影を補佐している。そんな彼なら、いい従僕の心得《こころえ》を教えてくれるかもしれない。

「……ふむ。つまり、こういうことですかな」

幸之助の話を一通り聞き終えた後、空蟬は口を開いた。

「奥方様は、嫁とは夫に仕える家来のようなものだと思うておられる。それゆえ、今のような上下関係も糞《くそ》もない関係は、よろしくないと思われている、と」

「……優しくしていただけるのは、とてもありがたいことだと思っています。でも……私は

心根の弱い人間なのです。甘やかされるとつけ上がって、月影様を軽《かろ》んじてしまいます」

それでは、神嫁の務めが果たせなくなってしまい、神嫁を娶った狗神の責務に一生懸命励んでいる月影に悪い。そう言うと、空蟬は大きく首を捻った。

「それは……つまり奥方様は、坊ちゃまが奥方様に優しいのは全部、神嫁を娶った狗神の責務ゆえと思っていらっしゃると？」

「？　はい。そうですけど……」

何を分かり切ったことを聞くのだと不思議に思いながら、幸之助は頷いてみせた。

月影は、出会った瞬間からずっと優しかった。

それに、名前を教えても……一度だって「幸之助」と呼んでくれたことがない。

それはつまり、相手が誰であろうと、神嫁を大事にしようという気持ちの表れで……決して、幸之助だから優しいというわけではない。

「間違えては、いけないんです。家族である前に、月影様と私はそれぞれ責務を負っている。そう……間違えちゃいけない。今度こそ……」

「……今度こそ？」

「あ。いえ……何でも、ないです」

幸之助は苦笑しつつ、首を振った。けれどその頭の中には、自分が作ってやったたんぽぽの冠《かんむり》を被って、嬉しそうによちよち走り回る子犬の姿が鮮やかに蘇《よみがえ》っていて——。

（……雪）

小さくて、ころころして、愛らしくて……犬だからという理由で、唯一神嫁という立場を気にせず、接することができた……そして、本当の自分を好きになってくれた相手。

大好きだった。雪といる時だけ、自分は自分になれて、寂しくもなかった。

だから、どこへ行くにも連れていって、寝る時さえも離さなくて……嫁入りの時は雪を連れて行きたいと、駄々まで捏ねた。

そしたら……雪は、処分されてしまった。

——もっと、神嫁としての自覚を持て。

里長は雪のものらしい血を拭《ふ》き取りながら、幸之助に厳しく言った。

——なんで、お前の両親がお前を手放したと思う？　なんで、お前に名前をつけず、「神嫁様」と呼んでいると思う？　「神嫁」というお役目がそれだけ大事だからだっ。

……そうだ。両親が自分を手放したのは何のためだ？　誰も自分の名前を呼んでくれないのはなぜ？　……それだけ、神嫁という役目は大事で尊いからだ。

誰も間違っていない。しかたなかった。決して、自分を愛していないわけじゃない！

だから、間違えたのは自分。自分に課せられた責務を忘れるほど、雪に夢中になったから、雪は死んだ。……自分が、殺した。

もう……二度と、あんな過《あやま》ちは犯したくない。

雪の時みたいに、月影に夢中になるあまり、月影や里に何か悪いことが起こってしまったら……。そうと思うと、気が気でなくて――。

「とにかく、不安なんです。このまま……月影様に、心を奪われるのが」

「ははあ」

深刻な幸之助の声とは真逆の朗《ほが》らかな口調で、空蝉がカアカア鳴いた。

「……あ、すみません。こんな泣き言……」

「いえ、結構でございますよ。鴉は、犬も食わぬようなものでも美味しくいただく、物好きな生き物ですゆえ」

「……え？」

「ほほほ、失敬。戯言《ざれごと》でございます。それと、奥方様。そのように思い悩むことなどありません。ことはとても簡単なことでございます」

「！　本当ですかっ。一体どうすれば……っ」

前のめりになって尋ねると、空蝉は楽しげにこう答えた。

「はい。坊ちゃまに、お腹《なか》を見せればよろしいのです」

その夜、夕餉をすませた後のこと。

「月影様。お、お話があります！」

一足先に寝巻に着がえた幸之助が声を上擦らせながら、のんびりとたんぽぽ茶を飲む月影の前に正座した。

「む？　どうしたのだ、ヨメ。そのように、怖い顔をして……」

「抱いて、ください」

「……は？」

「わ、私を、抱いてくださいませ！」

湯呑《ゆの》みを置きながら間の抜けた声を漏らす月影に、もう一度同じ言葉を繰り返す。

月影はぎょっと目を剝き、幸之助の顔をまじまじと覗き込んできた。

「ど……どうしたのだ、ヨメ。いきなり、そのようなことを言い出して……っ！」

「申し訳ありません！」

幸之助は勢いよく頭を下げて、床に額を擦りつけた。

「幸之助は愚か者でございます。月影様にどれほど辛い思いをさせてきたか、知りもしないで……今の今まで」

「辛い思い？　一体何のこと……」

「空蟬さんから聞きました。月影様はお屋敷から追い出された時、初夜のためのお布団だけを持って出るほど、初夜に並々ならぬ思いがあったと」

「なっ？」

「そ、それなのに、私が初夜を嫌がったから……毎日せっせと、外で己を慰めていらっしゃると……まさか、そこまで我慢されているとは思わず、本当に申し訳……」

「空蟬っ！」

月影が叫び声を上げ、転がらんばかりの勢いで駆け出した。

「どこじゃ、馬鹿鴉！　焼き鳥にしてやるから出てこいっ」

「あ、あの、空蟬さん今夜は何か用があるそうで、先ほど出ていかれました」

空蟬の寝床である屋根裏に頭を突っ込んで叫んでいる月影にそう言うと、月影は全身の毛を逆立てながら、自分の席に戻ってきた。

「全く、あの老いぼれ鴉！　いつもいつもろくでもないことしか口にせん」

「でも……本当のことなのでしょう？」

「それはっ……何というか……ま、毎日というわけではないぞ！　二日……いや！　三日に一度程度のことで」

「月影様」

落ち着きなく耳と尻尾を動かしながら、あたふたと弁明する月影の名を、幸之助はそっと呼んだ。

「初めてお会いした夜、抱くのをやめてくださったこと、感謝しております。あの時の私には、男に抱かれる覚悟なんて何一つできていなかったから」

ここで、幸之助は小さく息を吸うと、震える指先で寝巻を握りしめた。

「で、でも！　今は違います。月影様に遠慮させてしまうことが辛いし、何より……私は、立派な神嫁になりたいのです！」

嘘偽りない本音だった。

月影は心から尊敬できる主人だ。里を護る狗神として、または神嫁を娶った狗神としての責務を立派に果たしている。

それなのに自分は、嫁のくせに夫に抱かれることを躊躇《ちゅうちょ》し、夫にいらぬ遠慮をさせているばかりか、夫の優しさにつけ上がって、敬意の心さえ忘れつつある。

このままでは、狗神たちに里の連中はこんなろくでなしを寄越したのかと呆れられてしまうし、月影のお荷物になってしまう。そして、最後には、

――雪……うう……ごめん、なさい。わたしの、せいで……雪、死んじゃったっ。

（あんなの……もう、絶対嫌だ）

せっかく、月影に家族だと言ってもらえたのだ。

立派な嫁になりたい。月影の役に立てる嫁になりたい。

そのためにはどうしたらよいか。

――お腹を見せて、従順の意を示すのです。そうすれば、奥方様にとって坊ちゃまが真の

主であるいう自覚が生まれますし、坊ちゃまも奥方様に思われていると自信がつきます。

本当はまだ、抱かれるという行為が怖かったりする。というか、そもそも女の手さえ握ったことがないほどの未経験者だから、色々不安に思ってしまう。

けれど、立派な嫁になるために必要なことだと言うなら、いたしかたない。

男の矜持《きょうじ》や羞恥心《しゅうちしん》など、喜んで捨ててやる！

そんな決死の覚悟の元、幸之助は月影に頭を下げて懇願《こんがん》した。

……だから、気づかなかった。

「……立派な、神嫁なぁ」

月影がひどく悲しげな顔で、小さくそう呟いたのを。

「お願いです、月影様。私を抱いてください。どうかどうか……」

「分かった。ヨメ、もうよい」

月影がにじり寄ってきて、幸之助の震える背中をさすった。

「すまぬ。ぬしがそこまで思い詰めておるとは思わなかった。だが……いや」

月影が妙なところで言葉を切った。そして、しばらくの間を置いた後、

「狗の俺には、もうだいぶ慣れたようゆえ……今度は、この姿で慣らしてみるか」

硬い声が降りてきた。だが、緊張しきっていた幸之助には、その声音の意味を考える余裕などなかった。

「は、はい！　よろしくお願いしま……月影様っ？」

顔を上げかけて、幸之助は驚きの声を上げた。

いきなり頬に触れられたかと思うと、月影が顔を近づけてきたからだ。

「あの……ここで、するのですか？　い、一応、閨《ねや》にお布団を敷いておいたのですが」

幸之助は必死にそう言ったが、月影は何も言わない。ただ、ますます顔を近づけてくるばかりだ。

それに、幸之助は激しく狼狽《ろうばい》した。

どうしてだろう。月影の顔は毎日見ているはずなのに、今は……全然知らない顔に見える。

そして、無言で見つめられると、ひどく恥ずかしくて、顔が熱くなる。

（な……何を、今更動揺しているんだ！　自分から、抱いてほしいと言っておいて）

胸の内で何度も言い聞かせた。けれど、やはりどうしても恥ずかしくて、

「つきか、げさま……ぁ、そ……そんなに、見ないで」

「では、目を瞑っておれ」

消え入りそうな声で訴えると、ぞんざいにそう言われた。

それはどうなのだろうと一瞬思ったが、いよいよ月影の顔が近づいてくるものだから、幸之助は思わず、逃げるように両目を閉じた。

視界が真っ暗になる。すると、今まで聞こえなかった音がよく聞こえてきた。

囲炉裏の火の粉が弾ける音。握りしめた寝巻の衣擦れの音。それから、壊れてしまうのではないかと心配になるくらい、打ち鳴らされている心臓の音。

こんなにも大きな音を立てて……月影に聞こえてしまわないかと冷や冷やした時だ。

何か柔らかい感触を唇に覚え、幸之助は全身を震わせた。

（つ、月影様が……私に、口づけてる！）

体中の血が上り、頭がくらくらした。それでも必死に動かずじっとしていると、

「口を開け」

そんな言葉が、煩い鼓動に紛《まぎ》れ、かすかに聞こえた気がした。

躊躇《ためら》いがちに口を開く。

濡れた何かが、口内に入ってきた。瞬間、幸之助は思わず目を見開いた。

体の内に、何か得体の知れない感覚を覚えたからだ。

「ぁ……月影、さま……ちょ……ちょっと、まっ……んんっ！」

その感覚が怖くて、震える声で制止しようとしたが、それは言葉にならなかった。いきなり強く抱き締められたかと思うと、震える唇に噛みつかれたからだ。

「は、ぁ……つき、か……ゃ！　ん、ぅっ。……あ」

無遠慮に入ってきた肉厚の舌に、口内を蹂躙《じゅうりん》される。歯列をなぞられ、縮み上がった舌を搦《から》め捕《と》られ、甘く噛まれて――。

唾液《だえき》どころか、吐息《といき》を呑むことさえ許さない野蛮《やばん》な接吻《せっぷん》に、何もかも未経験な幸之助の頭は、たちまち真っ白になった。

息ができない。苦しい。でも、

「んんぅ……ふ、ぁ……ん、ふぅ……」

それ以上に……体が、甘く痺《しび》れる。

月影の舌が動くたび、くちゅりといやらしい水音が唇から漏れるたび、体中の血液がうねって、体が熱くなる。

あまりの熱量に思わず身を捩《よじ》ると、いよいよ強く抱き締められる。だが、それさえも感じて、背筋が強く痺れて——。

(な、に？　……これ)

今まで感じたこともない感覚に、幸之助は混乱した。その時。

「！　……んんっ、ァ……ああっ」

突然、股間に掌《てのひら》を這わされて、体がびくりと震えた。

「……硬く、なってる」

「つきか、げさ……そ、こ……ゃっ、……ぁ、触らない、で。は……ァあっ」

幸之助は体を捩って逃げようとしたが、床に押し倒されてしまった。

着乱れた寝巻の中に、手を差し入れられる。

「あ……ゃっ。そこ……そ、そんな……んん、ぁッ」

足を大きく広げさせられ、兆《きざ》しの見え始めていた自身に直《じか》に触られて、幸之助の細い腰が大きく跳ねた。

今まで感じたことのない、強い快感に体がびっくりしたのだ。

だが、そんなことはお構いなしに、月影は幸之助にのしかかり、扱《しご》き始める。

裏筋を撫でられ、先走りの蜜《みつ》が滲《にじ》む先端に爪を立てられて、幸之助はたまらず首を振った。

こんな感覚、知らない。怖い。

けれど、幸之助の意思とは関係なく、腰が勝手に月影の手に自身を擦りつける。すると、

(あ……こうすると、気持ちいい)

頭の中で、誰かがそう呟いた気がした。そしたら、腰がまたひとりでに動き始めて……。

「ぁあ……どうし、よ……なんで、こんな……ァッ、んん!」

初めて快感を与えられた体は貪欲《どんよく》だった。幸之助の意思を完全に無視して、さらなる快楽を求めて、淫《みだ》らに蠢《うごめ》く。

だが、蓄積され続けた熱量はいつしか限界に迫り、出口を求めてのたうち始めた。

「ゃ……も、もう……ゃ……やめ、て……は、ぁ」

「……出そうなのか」

直接的なその言葉に、わずかに残っていた理性が悲鳴を上げた。

幸之助は耳まで顔を真っ赤にして、寝巻の袖で顔を隠そうとした。だが、それより早く手首を摑まれ、床に縫《ぬ》い止められてしまう。

「隠すな。俺で達《い》くぬしを、見せてくれ」

「ん、ぁあ……ゃ、やだっ……は、恥ずかし……ふ、あ」

とどめを刺すように、月影の手の動きが速くなる。すると、いとも簡単に追い上げられて、

「ああっ！」

強烈な快感が駆け巡り、幸之助は月影の手の中で射精した。

精を吐き出しても、快感はなかなか体の内からなくならなかった。くすぶり続ける熱に小さく喘《あえ》ぎながら、幸之助は呆然と天井《てんじょう》を見上げた。

頭の中が霞《かすみ》がかって、上手くものが考えられない。それくらい、先ほどの行為は幸之助にとって衝撃的なものだった。

誰とも肌を合わせたことはないけれど、自慰《じい》くらいはしたことがある。

でも、別に気持ちいいとも思えなかったから、自分の体はこういうことに不向きなのだと思っていた。それなのに、月影にしてもらうと、こんなに気持ちいいなんて……！

（わ、私のやり方が下手だったのかな。それとも、月影様が上手過ぎるのか）

男にされたというのに、抵抗感もまるで覚えなかったし……と、そこまでつらつら考えた時だ。バタンバタンと落ち着かない物音が聞こえてきた。

目をやると、そこには呆けた顔で濡れた右手を見遣《みや》る月影の姿があった。

「つき、かげ……さま？」

「……って、くれた」

「え……？」

「ヨメが……ヨメが、俺で達ってくれた！」

よかったぁ。噛みしめるように言って、深い息を吐く。

そのあまりの安堵っぷりに、幸之助は目を丸くした。

さっきまで、あんなにも巧みに幸之助の体を翻弄《ほんろう》していたというのに……だが、考えてみれば、月影も幸之助と同じように、初めて他人と肌を合わせたのだ。緊張しないわけがない。

それでも、月影は立派に夫の役目を果たした。自分は緊張のし過ぎと未知の感覚に翻弄され、何もできなかったのに。

そう思ったら、月影がやたら立派に思えてきて――。

「月影様、そんなこと言わないでください。見事な初陣《ういじん》でした！」

「……そ、そうか？」

「はい！　とても童貞とは思えぬ堂々たるお姿でした。きっと、たくさんの修練を重ねられたのですね。相手もいないのに、一人でよくここまで……むぐっ」

幸之助は口を閉じた。顔を真っ赤にした月影が、幸之助の口を右手で塞いできたからだ。

「も、もうよい！　そのように褒められても、ちっとも嬉しく……ああっ」

月影が素っ頓狂な声を上げた。幸之助の精で汚れた手で、幸之助の顔を鷲掴《わしづか》みにしたことに今更気がついたようだ。

「すまん、ヨメ！　ついうっかり」

自分の袖で幸之助の顔を拭いながら慌てまくる。そんな月影を見て、幸之助は思わず笑ってしまった。

（さっきの月影様とは別人みたいだ。こんなに慌てて……可愛い……って！）

思わず考えてしまった思考に、幸之助は驚愕した。

（空蟬さんの嘘つき！）

抱かれれば月影への従順の念が芽生えると言ったくせに、全然、芽生えていない……いや、待て。そう言えば、まだ抱かれていなかった。

「月影様、あの……続きは」

これ以上のことなんて、怖いような、知りたいような……。妙な心地がして、そわそわしながら尋ねると、

「むう？　続き？　今日はせん。もう寝る」

着乱れた幸之助の寝巻を直しながら月影がそう言うので、幸之助は戸惑った。

「でも、月影様はまだ……」

「よいのだ。ここから先は、焦るとぬしが痛い思いをするばかりゆえな」

「い、痛い？　……どの、くらいでしょう？」

恐る恐る尋ねると、月影は苦笑し、ぽんぽんと幸之助の頭を叩いた。

「知らなくてよい。そのような思いは絶対させぬゆえ、明日からゆっくり慣らしていこう」

「で、でも……っ！」

幸之助は言葉を詰めた。不意に、月影に強く抱き締められたからだ。

「あ……月影さ……」

「ぬしが大事じゃ」

「……！」

「大事ゆえ、ぬしがよくないと俺もよくなれぬのだ。体のことに限ったことではなく、他のことも全部な。それゆえ、無理をしてくれるな。……大丈夫。ぬしはようやってくれておる。焦ることなどない。大丈夫じゃ」

宥《なだ》めるように言いながら、背中をさすられる。

それは、ひどく繊細《せんさい》な所作だった。まるで、大事な宝物を扱うような。

その所作に、幸之助は鼻の奥がつんとなった。

あまり役に立てない自分の腑甲斐なさに焦って、無理をしようとした。

その心を見透《みす》かされるなんて、非常に恥ずべきことなのに、月影に「大事だ」と一言言われただけで、馬鹿みたいに心が震えてしまう。

(こんな私でも、「大事だ」と言ってくださって……ありがとうございます)

私も、月影様が大事です。

そう返せればよかったのだけれど、唇が震えて、上手く声が出せなくて……駄目だ。やはり自分は腑甲斐ない。

けれど、明日からまた頑張っていけると思った。月影のためなら、自分はきっといくらでも頑張れると思うから。

そんなふうに、なかなかいい嫁になれなかったけれど、優しい夫のおかげで、幸之助はめげることなく、神嫁の仕事を続けることができた。


すこんと抜けた空の蒼《あお》が眩しい、五月晴《さつきば》れのとある日。

たんぽぽが咲き乱れる庭先で、幸之助はたんぽぽ茶の材料を選んでいた。

(こっちのほうが株が大きいけど、こっちの白い茎《くき》のほうがいいかな? 月影様、甘いほうがお好きだし)

一輪一輪真剣に厳選していると、「奥方様、奥方様」と頭の上から声がした。顔を上げると、空から舞い降りてくる空蟬の姿が見えた。

「川を見て参りましたが、昨夜までの雨で増水していて危のうございます。川釣りは二、三日控《ひか》えたほうがよろしいかと」

「……そうですか。ありがとうございます」

久しぶりに、魚料理を月影に振る舞いたかったのに。

落胆《らくたん》しつつ礼を言い、幸之助は別の献立を思案し始めた。

「もうし、もうし」

突然、背後から男の声がした。振り返ると、文を咥えた大きな鷹《たか》が縁側に止まっている。

「月影様の細君でいらっしゃいますか？」

鷹が喋った。本来なら驚くべきことだが、空蟬で慣れていた幸之助は、少々面食らいながらも頭を下げた。

「は、はい。私です。幸之助と申します」

幸之助がそう名乗ると、鷹は「我が主《あるじ》からです」と、縁側の上に文を置いた。

「よい返事をお待ちしております」

深々と頭を下げると、鷹は大きな翼を広げ、空高く舞い上がった。

「文ですか。珍しい。どちら様からです？」

空蟬に言われて文を確認すると、「黒星」と書かれている。

黒星……確か、月影の叔父の名だ。

月影の叔父が、自分に何の用だろう。首を傾げながら文を開いてみると——。

「何？　叔父御からぬしに会いたいと文が来た？」

「はい。一度、月影様とともに遊びに来られたしと」

夕餉を終えた後、黒星からの文を差し出すと、月影は首を捻りながらそれを受け取った。

「叔父御め。どういうつもりだ。俺にはそのようなこと、一言も言わなかったというに」

「あ……それは、その……」

「面倒だったからでございます」

言い淀《よど》む幸之助に代わり、空蟬が答える。

「坊ちゃまは必ず、『叔父御に見せたら減る』などと言ってごねるからと……さすがは黒星様。坊ちゃまの小便臭《しょうべんくさ》い性格をよく分かっていらっしゃる」

「空蟬！　小便臭いとは何じゃ。もっとましな言い方は……」

「あのっ、月影様」

話が脱線してしまいそうだったので、幸之助は強引に話に割って入った。

「お願いです。私を黒星様に会わせてください」

「……何？」

「このような文をいただいておきながら、伺わないのは失礼に当たります」

文には、可愛い甥《おい》っ子《こ》の嫁がどんな人物か気になってしかたない叔父の思いが、切々と綴《つづ》られていた。また黒星だけでなく、僕の者たちも、屋敷を追い出された月影のことをとても心配しているそうで……これを無視することなんてできない。

「決して粗相がないように頑張ります。ですから」

「むう。しかしなぁ……」

ここで、月影は渋い顔で腕を組みながら、ちらりと何かを見た。その視線の先には、幸之助の後ろに控えている空蝉がいる。

最近気がついたのだが、月影は時々空蝉とこういう意味深な目配せをすることがある。そういう時は大体、よくないことを相談しているみたいで……。

何だろう。自分と黒星が会うと、何か困ることでもあるのか？　……まさか！

「黒星様たちは、私が男であることをご存じないとか？　それなら……」

「いや、皆承知しておる。というか……問題はぬしではない。俺なのだ」

月影が？　幸之助が首を傾げると、月影が頭を掻《か》いて、幸之助に向き直った。

「はっきり言うておく。屋敷に行くと、ぬしは俺のことで色々と嫌な思いをすることになる」

「……嫌な思い、ですか？　でも」

いまいちピンと来なかった。確かに、月影は父親から未熟者の烙印《らくいん》を押され、一族で一番下の地位に就かされたばかりか、屋敷まで追い出された。

だが、文を見る限り、黒星も僕の者たちも月影のことをとても大事に思っているし、幸之助を呼び出して苛めてやろうというような、意地の悪さも感じられない。それなのに。

「行けば分かる。それでも……」

「構いません」

幸之助は即答した。

「事情は分かりませんが、月影様が立派にお役目を全うされていると、私はよく存じております。だから、何を言われても気になどいたしません」

嘘偽りない本心だった。いくら父親が認めないと言っても、自分は月影の頑張りを恥ずべきことだとは思わない。だから、月影のことで何を言われたって胸を張ればいい。

そんな幸之助に月影は瞬きしたが、すぐに見る見る赤くなっていく顔をそっぽに向けて、

「では、二日後に連れていくゆえ、よもぎ餅《もち》を用意しておけ。叔父御が喜ぶ」

そう言うので、幸之助は満面の笑みを浮かべ大きく頷いた。

月影が自分を親戚《しんせき》に紹介しても大丈夫だと判断してくれたことが、嬉しかったのだ。

「はい！　では……材料があるか、ちょっと見てきます」

幸之助はすぐさま台所に向かった。なので、気づかなかった。

「大丈夫であろう。皆、俺の考えに納得しておるし、明後日、父上はご不在のはずゆえ」

月影が空蟬に小さな声でそう呟いたのを。


二日後、幸之助は月影と、黒星が住むという屋敷に向かった。

空蟬は留守番だ。自分は屋敷中の者に嫌われているからと言うのだ。最初は、空蟬特有の冗談かと思ったのだが、どうもそうではないらしく——。

「空蟬は元々、我ら一族とは何の関わりもないはぐれ鴉なのだ。……ああ、はぐれ鴉とは同族からも爪弾《つまはじ》きにされた鴉のことだ」

月影の言葉に幸之助は驚いた。空蟬は少々口が悪く、意地悪なところもあるけれど、主人思いの優しい鴉で、そこまで嫌われる意味が分からない。

素直にそう告げると、月影は鼻で笑った。

「それは、ぬしが本当のあやつを知らぬからだ。本当に、ろくなものじゃないぞ。俺に近づいた理由も理由だしな」

「それは……どのような？」

「うん？　……まぁ、それは追い追いな。ただ、今は一番信頼できる俺の下僕だ。俺に相談できぬ時は、あやつを頼れ。まず間違いはない」

そう話しながら、月影は幸之助を抱えた状態で、軽々と底の見えぬ深い谷を飛び越える。

黒星の屋敷は、幸之助たちが住んでいる庵よりもさらに山奥にあった。そのため、いくつもの切り立った崖《がけ》や鬱蒼とした山林を越えていかねばならない。

これは……自分の足だと何日もかかりそうだと、遙《はる》か眼下に見える高い崖を、月影にしがみつきながら見下ろしていると、月影が声をかけてきた。

「ヨメ、見えたぞ。あれじゃ」

その言葉に顔を上げ、幸之助は思わず目を見張った。

漆《うるし》や金箔《きんぱく》の細工が施された絢爛《けんらん》な門、いくつも立ち並ぶ白壁の立派な建物。白砂が敷かれ、太鼓橋《たいこばし》の架かった池まである広大な庭などを有した……さながら大名屋敷《だいみょうやしき》のように豪華なお屋敷が、視界に飛び込んできたからだ。

（こんな山奥に、どうやってあんな……）

幸之助が呆気《あっけ》に取られている間に、月影が門の前に降り立った。

すると、門の前に立っていた門番らしき二人の若い狗神が、こちらに駆け寄ってきた。

二人とも、六尺もある大柄な月影をさらに超える大男だ。体格も非常に立派で、褐色《かっしょく》の肌に広い肩、筋肉隆々《りゅうりゅう》の太い腕はまるで丸太のようで……ものすごく強そうだ。

「月影様！　お帰りなさいませ」

「お久しゅうございます。息災ですか」

そわそわと茶色の耳と尻尾を振りながら、男たちが月影に尋ねる。

「うむ！　ぬしらも息災そうで何よりじゃ」

「そうですか。それはようございました。それで、その……」

この方が月影様の？　と、男たちが月影に抱かれた幸之助に目を向けてくるので、幸之助は慌てて下ろしてくれるよう月影に頼んだ。

「す、すみません。このような格好で……私、このたび月影様に嫁いで参りました、幸之助と申します。どうぞ、お見知りおきを」

月影に下ろしてもらい、幸之助はぺこりと頭を下げた。

「あ……そう、ですか。あなたが、月影様の……」

いやに硬い声が頭の上から降りてくる。不思議に思って顔を上げてみると、二人ともひどく複雑な表情を浮かべている。それも、何だか悲しそうで……。

なぜ相手がそんな顔をするのか分からず戸惑っていると、月影が手を摑んできた。

「ほら、叔父御が待っておる。行くぞ」

強引に幸之助を引っ張っていく。それに少しためらいながらも、幸之助は男たちに会釈《えしゃく》し、月影について門をくぐった。

それからも、幸之助たちは屋敷の者たちから何度も声をかけられた。

逞《たくま》しい兵士から知的さが漂う文官、女中まで皆、元気な月影の姿を見て心から喜んでいるようだった。しかし、幸之助の顔を見ると、なぜか悲しそうな顔をして、どうか月影のことを頼むと、執拗に懇願してくる。

そして、その者たちは皆、月影よりも頭一つ分背が高くて、肌は褐色、髪や耳、尻尾は茶色い色をしていて――。

最初は、狗神には月影のような白色に限らず、茶色い毛の者もいるのだなと思う程度だったが、こうも茶色い毛ばかりだと……と、思った時だ。

「『白狗《びゃっく》』……と、言うのだ」

ぽつりと、月影が呟いた。

「普通の狗神はあの者たちのように逞しく、肌も褐色で毛も茶色い。だが稀に、俺のようなのが生まれてくる。小柄な上に骨格が華奢《きゃしゃ》で、色素さえも欠落した突然変異……がな」

振り返らないまま、月影は説明を続ける。

「白狗は、我らの世界では『弱さの象徴』だ。ゆえに皆、俺に過保護でな。父上とのことがあってからは少々、それが過剰《かじょう》になっておって……まぁ、あまり気にするな」

その声はいつものハキハキとした明朗な声音とはかけ離れた、暗い色を帯びていた。

(月影様……ご自分が白狗であることを気にされているんだな)

無理もない。こんなにも見た目が違う上に……大切に思われているとはいえ、ここまで特別扱いされたら、どうしたって気になる。けれど、

「あの……私は、月影様のお色、とても好きです」

思わず、そう口走っていた。月影が驚いたように振り返る。

「い、いきなり何を申す」

「それは……い、言いたくなったので！　……本当に、好きなんです。月影様のお色……冬の朝の雪みたいに清澄《せいちょう》で、凛《りん》としてて……まるで、月影様のお心のよう……！」

「ももも、もうよい！　それ以上申すな。励ますにしても時と場所を考え……」

「月影」

不意に、男の声が呼びかけてきた。穏やかな男の声だ。振り返ると、声の印象そのままに、茶色い狩衣《かりぎぬ》に身を包んだ柔和な顔立ちの若い男が、何かを抱えて立っていた。

「遅かったですね。待ちわびましたぞ」

「叔父御！」

「！　お、叔父御って……」

目を丸くする幸之助に、男は柔らかく微笑み、優雅に頭を下げてきた。

「黒星と申します。このたびは、私の我が儘に応えてくださって、ありがとうございます」

「い、いえ！　そんな……幸之助と申します。はじめまして」

慌てて頭を下げてから、幸之助は改めて黒星を見た。

本当に若々しい。どう見ても二十代後半くらいにしか見えない。

月影と歳が近いのだろうかと、つらつら考えていた時だ。黒星の腕の中から、「きゅぅ」

と何とも愛らしい声がした。幸之助が瞬きすると、

「そうそう、この者の紹介を忘れていた」

陽日《はるひ》と申します。そう言って、腕に抱えたそれを幸之助に差し出してきた。

「わぁ」

幸之助は思わず声を漏らした。栗色のふさふさした毛の小さな子犬が、つぶらな瞳でこちらを見上げ「きゅう、きゅう」と鳴いていたからだ。

可愛いものが大好きな幸之助は目を輝かせた。

「……可愛い！」

「むう？　可愛い？　当然ぞ。この方は、俺の……俺の兄弟ゆえな！」

一瞬、なぜか言葉を詰まらせて、月影はそう言った。

「月影様の？　あ……どうして教えてくださらなかったのですか？　こんな愛らしい弟君がいらっしゃったなんて……教えてくだされば、何か作って参りましたのに！」

こちらに差し伸ばしてくる、月影と同じ、桃色の肉球があまりにも可愛くて、幸之助が興奮気味に言うと、黒星が「抱いてみますか？」とさらに差し出してきた。

「え！　よろしいんですかっ？」

と、聞き終わらないうちに、幸之助は手を伸ばして陽日を受け取った。

陽日は初めて見る幸之助が物珍しいのか、くるんと丸まった尻尾を振りながら、鼻をくん

くんひくつかせ、身を乗り出してきた。

甘い乳の香りが鼻腔《びこう》をくすぐる。よく見ると、口の周りに白い汚れがついている。

どうやら、先ほどまで食事中だったらしい……と、思った時だ。陽日の口から、桃色の小さな舌が見えた。

もしかして、舐めてくれる？　と、幸之助は期待に胸を膨《ふく》らませたが、陽日の舌がもう少しで唇に触れるというところで、月影に陽日を取り上げられてしまった。

「口はいかん」

何故か拗ねたような顔でそんなことを言う月影に、幸之助は目を丸くした。

「いかんって……狗が相手の口を舐めるのは挨拶でしょう？」

「それはそうだが、ぬしは人間で、俺の嫁ぞ。夫の俺以外に唇を許すなど言語道だ…っ」

「……ついかえ、ついかえ！」

月影が言い終わらないうちに、陽日が拙《つたな》い童の声で月影の名を呼びながら、月影の口を夢中で舐め回し始める。尻尾の振り方も、幸之助の時とは比べ物にならないくらい速い。

「あ！　月影様ばかり、ずるうございます！」

「わ、我らは兄弟ゆえよいのじゃ……んぐっ。こ、こら、そのように口ばかり……このっ」

話の途中なのに、じゃれついてくる陽日に向き直り、じゃれ合い始める。

そんな月影にひどく釈然としないものを覚え、幸之助が頬を膨らませると、

「月影、そのまま少し、陽日と遊んでいてくれますか？　このままだと、神嫁殿と話ができないので」

黒星にそう言われ、幸之助ははっと我に返った。

「あ……す、すみません！　その、無礼なことを……っ」

「はは、悪いと思うなら、これから私の相手をしてください」

では、参りましょうか。そう言って、黒星が奥へと促してくる。

幸之助は月影に目を向ける。月影が頷いてみせるので、幸之助は頷き返し、黒星についていった。その後ろ姿を見送ってから、月影は腕の中の陽日に笑いかけた。

「では……久しぶりに、俺と遊びましょうか？　……兄上」


「……いやぁ、これは美味い」

縁側に腰を落ち着けた後、幸之助が土産で持ってきたよもぎ餅を口にして、黒星は嬉しそうに茶色の尻尾をふさふさ揺らした。

「あなたの料理の腕前は、月影から聞いてはいましたが、まさかここまでとは」

「そ、そんな……。月影様は、その……よく私の話をするのですか？」

「ええ。大きな目が子リスのようで可愛いとか、毎日仕事から帰ってくるたびに玄関まで走ってこられると、背骨が折れるくらい抱き締めたくなるとか、後は……はは」

どんどん口をあんぐりと開いていく幸之助に、黒星は苦笑した。

「失礼。でも……あの子からそういう話を聞くと安心します。あの子はこれまで、ずっと辛い思いをしてきましたから」

黒星は少し離れたところで、陽日をあやす月影に目を遣った。

「神嫁殿。月影から、白狗のことを聞きましたか？」

「少し。普通の狗神様より小柄で、毛の色素がないと」

「それだけではありません。体は弱いし、腕力や妖力、繁殖《はんしょく》能力もない」

幸之助が「え……」と声を漏らすと、黒星は肩を竦めた。

「それだけ弱い生き物なのです。月影の場合は特にひどくてね。子どもの頃はずっと伏せったままで……十八まで生きられないだろうと、薬師《くすし》が匙《さじ》を投げるほどでした」

その言葉に、幸之助は目を丸くした。

今の生き生きとして快活な月影からは、とても信じられない……いや。

（……ありえるかもしれない）

月影は今まで、自分よりはるかに非力な幸之助に対して、軽んじるような言動をしたことはただ一度もない。それはひとえに、月影の心根が生まれつき立派だからだと思っていたが、本当はそうではなくて――。

（月影様は知っているんだ。役立たずの弱い者扱いされることが、どれだけ辛いことか）

だから、自分よりずっと力の強い月影に卑屈《ひくつ》になって焦る幸之助の気持ちを、正確に理解できて、慰め方も的確だった。

そう、幸之助が思い返していると、黒星が「それでも」と両の目を細める。

「あの子は、そんな薬師の言葉をひっくり返しました。『白狗だから』という言い訳を一切口にせず、努力に努力を重ねて、今ほどに……普通の狗神以上の力を得たのです。それが、何とも……痛々しくてね」

「……痛々しい？」

重苦しい声音で呟かれたその言葉に、幸之助は戸惑った。

「あの……それは、義父上様が認めてくださらぬからですか？」

差し出がましいと思いながらも尋ねると、黒星の顔がますます曇《くも》る。

「……そう、ですね。月影は、白夜に認めてもらおうと必死になっていますが、白夜は白狗の月影を一切認めようとしません。おまけに、考え方も違うから衝突ばかりで……とうとう、白夜は月影を追い出してしまった。……本当に、憐れで……可哀想な子です」

深い溜息《ためいき》とともに呟かれたその言葉に、また胸がざわつく。

何なのだろう。さっきから……「痛々しい」とか、「憐れ」だとか。

努力して丈夫な体を手に入れたのなら、ただ立派だと思えばいいではないか。父親に認めてもらえないことも、確かに可哀想ではあるが、それにしたって——。

何とも変な感じがした。幸之助は一度だって、月影のことを可哀想だなんて思ったことはないから、余計に。

そんな幸之助の心情に気づいているのかいないのか、

「神嫁殿。月影はとかくあなたを気に入っています。ですから、どうかあの子を……」

幸之助に向き直り、黒星がそう言いかけた時だ。

「……何じゃ？　そちは」

視界が急に陰ったかと思うと、頭の上から声がした。ぞっとするほど、冷たい声だ。

恐る恐る、顔を上げてみる。

男が立っていた。年の頃は三十代前半。腰まで伸びた長い黒髪に、黒い獣の耳と尻尾、そして黒い狩衣という全身黒づくめのいでたちに、異様な輝きを放つ血のように赤い目が印象的なその男は、白い端整なその顔に、汚物でも見るような侮蔑《ぶべつ》の表情を浮かべ、幸之助を見下ろしている。

「なにゆえ、人間が我が屋敷におるのだ」

「あ……兄上、今日は我が神の元に向かわれたはずでは……」

「答えろ、人間」

さりげなく、男から幸之助を庇うように割って入ろうとする黒星を無視して、男が幸之助

に詰め寄る。そのあまりの威圧感に、幸之助が恐怖で何も言えず、縮こまっていると、

「父上！」

異変に気づいた月影が、陽日を抱えて駆け寄ってきた。

「俺がお話します。それゆえ、その者には……っ！」

月影の声が掻き消えた。月影が陽日を黒星に渡した瞬間、男が月影を蹴り飛ばしたからだ。

男に腹を蹴られた月影の体は毬のように飛び、庭に生えていた松の幹に叩きつけられた。

「つ……月影様っ！」

恐怖で身が竦んでいた幸之助だったが、蹴られた腹を抱えて苦しそうに咽《む》せている月影の姿を見て我に返ると、慌てて駆け寄ろうとした。しかし、

「月影。わしは、その人間を喰うまで帰ってくるなと言うたはずぞ」

背後から聞こえてきたその言葉に、足が止まった。

「兄上！　神嫁殿の前で、その話は……っ」

「その話？　何の話だ。そこにいる人間が、月影に捧げられた贄だという話のことか？」

思わず振り返る。

白夜が色のない顔でこちらを見ている。その赤い目からは、何の感情も読み取れなくて、

幸之助の中の混乱がより一層広がっていく。

「贄って……ち、違います。私は、月影様の神嫁で……月影様をお支えして、里と狗神様の

縁を結ぶのだと、月影様が……」

そうだ。自分は月影の神嫁だ。里と狗神がこれからも仲良くしていけるよう……そして、夫の月影を支えるために嫁入りした。

決して、贄などではない。人間を喰い殺す絵が描かれた巻物も、嘉平の言葉も皆々でためだ！　けれど、そんな幸之助を、白夜は鼻で嗤《わら》う。

「支える？　はっ！　人間ごときが、何を血迷うたことを……いや、間違いではないな。そちを喰えば、月影は一人前の狗神になれるのだから」

「……え」

「白狗は人間を喰うことで力を得て、初めて普通の狗神になれるのだ。それゆえ、そちを喰わねば月影は一族に認められぬ。一生、使い捨ての一雑兵として生きねばならん」

その言葉に、幸之助は絶句した。

不思議に思っていたことが、全部解けた気がした。

いくら月影が子を作れぬ体で、月影と同じ日に生まれたとはいえ、なぜ男の幸之助が月影の妻に選ばれたのか。なぜ月影が人間の妻を娶る必要があったのか。

やはり嘉平の言うとおり、嫁入りだなんて嘘だったのだ。

本当は、力の弱い白狗の狗神が、力を得るために捧げられた贄。

滑稽なほどに体が震えた。今まで教えられてきた神嫁の事柄は、全部嘘だったという事実。

自分はやはり贄だった。単なる餌……肉だったという衝撃。

それら全てが襲いかかってきて、幸之助の心をもみくちゃにした。

あまりのことに世界の全部がグラグラして、目の前が赤く明滅して……どうしていいか分からず、思わず悲鳴を上げそうになった。その時。

「……ふざ、けるな」

聞こえてきたのは、苦しげだが、凛とした力強い声。

「何が……ヨメを喰うて、一人前ぞ」

振り返ると、腹を押さえながら歩いてくる月影の姿が見えた。その足取りは非常に覚束《おぼつか》ないが、目だけは違っていた。鋭い眼光で射貫くように白夜を見据えている。

「父上、俺は……前から言うように、ヨメを喰う気は毛頭ありません」

幸之助を庇うようにして幸之助の前に立つと、月影はきっぱりと言い切った。

「俺がまだ頼りないとおっしゃるなら、今まで以上に精進いたします。術も、死ぬ気で覚えます。ですから」

「できぬことを申すな」

冷ややかに、白夜が吐き捨てる。

「そちのこれまでの努力は、よう知っておる。これ以上は無理だと思うくらい、そちはよう精進した。だが、それでこの程度じゃ。これからいくら精進しようが、高が知れて」

「だからと言うて！　ヨメを喰うていい道理にはなりませんっ」

声を荒げ白夜の言葉を遮ると、月影はその場に座り込み、平伏した。

「父上、このようなことは間違うております。確かにこれまで、人間を喰うて得た力で、白狗が里を護ってきたことは事実。されど、それは人間自らが望んで喰われてくれたゆえ、許されたこと。今のように、嫁入りなどと騙して喰うなど、神のすることではありません。夫を支えられるいい嫁になりたい。そう思うて、懸命に励む心を踏みにじって、何が神ぞっ」

叫ばれたその言葉に、幸之助ははっとした。

「嫁いでこいと言うたのなら、娶って大事にしてやるのが道理です。俺は絶対、ヨメは喰わん。ヨメの心を踏みにじったりせん！」

「月影っ、そちは……」

「結構！　父上の話は聞きとうありません。……俺は諦《あきら》めん。人を喰わずとも、よき狗神になってみせますっ」

月影はおもむろに立ち上がった。

幸之助を横抱きに抱え上げると、そのまま白夜たちに背を向け、屋敷を後にする。

白夜はそんな月影を追おうともしなければ、呼び止めもしなかった。

帰り道、二人は一言も発しなかった。

しかし、もうすぐ庵に着くというところで、月影が歩を止め、幸之助を地面に下ろした。

「すまなかった」

面と向かって開口一番、月影はそう言った。

「父上がぬしの気持ちも考えず、ズケズケと……だが、父上に悪気はないのだ。俺があまりにも頼りないゆえ……一族の長として戒《いまし》めなければ、他に示しがつかぬからと」

「……本当、なのですか」

月影の言葉を遮り、幸之助は月影を見上げた。

「義父上様のおっしゃったこと、全部本当のことなのですか」

ざわりと、怯えるように月影の耳の毛が逆立った。

「……真じゃ」

しばしの逡巡《しゅんじゅん》の後、月影は重々しく開いた口で言った。

「我が一族で白狗が生まれると、里人に贄になってもらい、喰わせてもろうておった。……だが、それはあくまでも、里人自らが身を捧げてくれたゆえのこと。今のように、嫁入りと騙して喰うなど、許されることではない。終わらせるべきじゃ」

正論だ。幸之助たち里人にしてみても、そうしてもらったほうがありがたい。

しかし、そうなると……、

「……よろしい、のですか？」

震える声で、幸之助は尋ねた。

「私を食べれば……月影様は『普通』になれます。義父上様と仲直りできるし、あの立派なお屋敷に戻れて、今なさっている危険な仕事も、せずにすむかもしれない。それなのに」

「よい」

きっぱりと、月影は言い切った。

「俺はどんなに苦労を重ねても、立派な嫁になる気で嫁いできたぬしや、ぬしの幸せを願って送り出した里人に、胸を張れる狗神になりたい。ゆえに、よいのだ」

「月影、様……」

「はは、心配いたすな。俺はぬしを絶対喰ったりせぬ。父上のことも……俺がこれから、父上が認めずにはいられないほど立派な働きをして、見返してやればよいだけのことゆえ」

事もなげに言って、月影はからから笑った。

どこまでも明るいその笑顔に、幸之助は胸を締めつけられる思いがした。

今まで月影はたくさん辛い目に遭ってきたはずだ。普通とは違う見た目、生まれつき弱い体……「普通」になれたらと、ずっと切望していたことだろう。

それなのに、月影は「普通」になれる機会を自ら放棄《ほうき》した。

里人を騙して贄を取るなど、神のすることではない。

たったそれだけの理屈のために、血を吐くような努力を重ね続けた。それなのに、屋敷から追い出され、一番身分が低く、常に死と隣り合わせの危険な任に就かされて――。

それでも、自分の信念を曲げない。それどころか、

「今まで以上に……もっともっと、俺は頑張るゆえな」

まだ、頑張るだなんて言う。たった一人で、誰の助けも求めずに。

そう思うと、胸が苦しくて、やり切れなくて、

「それゆえ、ぬしは何も……ヨメッ？」

月影がぎょっと目を剝いた。幸之助の目から大粒の涙が零れ落ちたからだ。

「なにゆえ泣くっ？　……喰わぬという俺の言葉が信用できぬのか……」

「……や、です」

「え……？」

「月影さ、ま……だけ、頑張るのは嫌です！」

止めどなく溢れてくる涙を袖で乱暴に擦り、濡れた瞳で幸之助は月影を見上げた。

「どうか、私にも頑張らせてくださいっ。私が月影様を支えられる立派な嫁になれば、義父上様はもっと、月影様を認めてくれるはずです。だから……っ」

「ヨメ……」

「私は、心苦しいのです。己の信念のためとはいえ、私を娶ったことで、月影様はこんなに

も苦労されている。それなのに、私は何のお手伝いもできないなんてっ。私にできることがあったらおっしゃってください。何でも……何でもいたしますから！」

月影の袖を掴み、必死に訴える。

神嫁が実は贄だったと知った時、自分が狗に喰われるということが怖くてしかたなかったが、それと同時に、騙されたという衝撃も強かった。

お前は山神に見初《みそ》められたのだから、立派な神嫁にならなければならない。

里の誰もが言うその言葉を、ずっと信じて頑張ってきた自分の今までは何だったのか。

幸之助の気持ちなんかどうでもいい。時期が来たら面倒なく喰える餌……ただの肉でしかないということなのか。そう思うと、悲しくてしかたなかった。

だから、月影にたくさん辛い思いをさせて申し訳ないと思いながらも、いい嫁になって、夫を支えたいという自分の気持ちを大事に思ってくれただけでなく、懸命に応えてくれたことが、とても嬉しかった。

月影が自分の夫でよかったと、心の底から思った。

そんな月影の苦労を、少しでもいいから分けてもらいたい。使ってもらいたい。

そう思って懇願する幸之助を、月影は呆然と見つめてきた。何も言わない。だがしばらくして、くしゃりと表情を歪《ゆが》めたかと思うと、顔を俯けてぽつりと言った。

「何も手伝っていない……なんて、そんなことあるか」

「……え」

「俺は……嫁がぬしだったから頑張れたのだ。ぬしでなければ、ここまでやれぬ」

幸之助は瞬きした。言葉の意味がよく分からなかったのだ。

月影はまた黙り込んだ。だが少しして、意を決したように息を吸い、こう言った。

「俺は一度、ぬしを……喰おうとしたことがある」

「……っ！」

「十年前のことじゃ。あの頃の俺は、我が身が嫌でしかたなかった。見た目も違う、体も弱い、力もない。そんな自分が嫌で、早く『普通』になりたくて、ぬしを喰いに山を下りた。だが、間抜けなことにトラバサミにかかってしもうた。その上……ぬしに助けられるのだから、まこと救いようがない」

幸之助は限界まで目を見開いた。

確かに十年前、自分はトラバサミにかかっていた獣を助けた。白く愛らしい子犬で、すっかり気に入った自分は、その犬に雪と名づけて可愛がって――。

「まさか……月影様が……雪？」

掠れた声で呟くと、月影が叱られた子犬のようにぺたんと耳を下げた。その仕草が、粗相をして叱られた時の、雪のそれと綺麗に重なって、幸之助はさらに動揺した。

雪は里長に処分されたはずだ。生きているはずがない。

だが……初めて会った時からやたら親しげだったことや、幸之助を犬好きだと決めてかかったこと、幸之助の好みをいやに知っていたことなど、今まで腑に落ちなかったことが、月影と雪が同一だと考えれば、全て説明がつく。だが、そうは言っても……。

「俺は、知らなかったのだ。贄が、神嫁と騙され花嫁修業に勤《いそ》しんでいただなんて……。それゆえずっと、ぬしが俺の贄と気づかず、じゃれついて……山神様を妬《ねた》んでおった」

「！　そ、それって……」

「だ、だから……毎夜同衾《どうきん》するほど俺にべったりで、俺がたんぽぽを咲かせてやるたびに喜ぶぬしが、あまりに可愛かったゆえ、その……」

ここで、月影はいったん言葉を切った。そして、意を決したように顔を上げて、

「つまり！　有り体《てい》に申せば、お……俺はその時、ぬしに惚れたのだ！　そして……い、今ではべた惚れじゃ！　それゆえ、己を役立たずなどと申すな。ぬしがそばにおってくれるだけで、俺はいくらでも頑張れるが、おらねば、つまらぬ腑抜けになってしまうゆえ！」

湯気が上りそうなほど顔を赤くしながらも、凛とした声で言い切る。

そんな月影を幸之助は呆然と見上げた。だが、すぐ「嘘…」と小刻みに首を振る。

「嘘？　なにゆえそう思う」

「だ、だって、雪は……里長様に……」

「ああ、あれは……突然いなくなったのは謝る。里長から逃げおおせた後、父上に見つかっ

て、問答無用で連れ戻されたゆえ、礼も言えなんだ」

「でも！　祝言の日……初めて会ったような態度で」

「失望させたくなかったのじゃ。夫が昔飼っていた犬だなんて、嫌であろう？」

「じゃ、じゃあ……名前はっ？　月影様は一度だって、私を名前で呼んでくれたことがありません。それは、私を神嫁としてしか見ていないからじゃ……っ」

「！　それは……は、恥ずかしかったのじゃ」

さっきまで威勢よく張り上げていた声が、一気に小さくなった。

「今ぬしの名を呼んだら……俺は、きっと悶え死ぬ！　それゆえ、今修練を重ねておるところで……ま、待っておれ！　一年くらいすれば、ちゃんと呼べるようになるゆえ」

再び声を大きくしてそう宣言する月影に、幸之助は口をあんぐり開けた。

この男は、何を言っているのだろう。たかが名前を呼ぶ程度のことに、修練を重ねて一年もかかるだなんて、どうしてそんな……。

——俺はその時、ぬしに惚れたのだ！　そして……い、今ではべた惚れじゃ！

「……あ」

不意に蘇ったその言葉に、思わず声が漏れた。

（月影様が……私に、べた惚れ？　十年も前からずっと……私のことだけ……！）

突然の告白に驚くあまり止まっていた頭で、ぎこちなくそう考えていると、心臓がドクドクと早鐘《はやがね》のように鼓動を打ち始める。

血液も、全身を濁流《だくりゅう》のようにのたうち回って……苦しい。そして、熱い。

幸之助は、生まれた時から神嫁として生きてきた。

立派な神嫁になることが最重要で、何をするにもまず、神嫁としてどうすべきか一々考えて言動をする……言うなれば、神嫁という衣装とお面を被って、神嫁を演じる役者のようなもので……いや。

役者なんて上等なものじゃない。生まれた時から神嫁を演じるよう躾《しつ》けられた上に、周囲も自分を神嫁としてしか見てくれないのだから、本当の自分なんて何の価値もない。

そう思っていた。そんな自分を、月影は……！

「……ヨ、ヨメ。なぜ黙っておる。な……何か、言え」

「え……？　あっ……あっ……」

煩い鼓動の向こう側から聞こえてきたその言葉に、また間の抜けた声が漏れる。

何か？　何かって……何を言えばいい？　今、身の内で止めどなく噴き出してくるこの感情が何なのかも分からないのに、一体何て……。

理解不能な体の反応と感情に、幸之助は激しく狼狽した。だが、

「……やはり、俺の気持ちが信じられぬのか？」

可哀想なほど耳を下げて、月影がそう呟いた瞬間。

「あ、あの！　今日は……房事《ぼうじ》の修練はしないのですかっ？」

口が勝手に、そんな言葉を口走っていた。

心の中で、誰かが驚愕の声を上げる。お前は一体何を言っているのだと。

だが、口は訂正の言葉を発しない。ただただ唇を嚙みしめるばかりだ。

そんな幸之助に月影はぎょっと目を見張った。だが、すぐに頰を紅潮《こうちょう》させたかと思うと、

「する！　今すぐ帰ってしようっ」

鼻息交じりにそう言ってきた。それに、幸之助はコクコク頷いて見せる。

また、心の中で誰かが叫んだ気がした。けれど、心臓の音が煩過ぎて、何と言ったのか、よく聞こえなかった。


翌朝、顔を照らす朝日の眩《まぶ》しさに、幸之助《こうのすけ》はふと目を開いた。

見慣れた閨《ねや》の天井《てんじょう》が見える。

自分はいつの間に眠ったのだろう？　寝惚《ねぼ》けた頭で昨夜のことを思い返してみる。

――つき、かげ……さま。ぁっ……っと……もっと、触って……ァあっ！

「……っ！」

昨夜の己の痴態《ちたい》が一気に思い出され、幸之助は飛び起きた。

昨日、月影に抱えられて庵《いおり》に戻った後。幸之助は月影《つきかげ》と激しく抱き合った。布団《ふとん》を敷くどころか、閨にも行かず、戸を開けてすぐの居間で、互いの着物を脱がせ、肢体を絡め合った。

何も考えていなかった。ただただ無性《むしょう》に……月影に触りたくて、触られたくて、必死に月影に手を伸ばし、肌を擦《こす》りつけて、

——今度、は……信じて……アッ……いい、の？　今度は……んんっ。

何度も聞いた。十年前、雪に突然いなくなられて、自分はとても辛《つら》かった。あんな思いは二度としたくないと詰《なじ》りながら。すると、そのたびに強く抱き締められて、

——信じてくれ。ヨメ……大事ぞ。ぬしだから……ぬしが、死ぬほど大事じゃ。

神嫁の証《あかし》である桜の花びらが散る肌に、染み込ませるように囁《ささや》かれた。

その、甘い睦言《むつごと》と愛撫《あいぶ》に、幸之助はうっとりと酔《よ》いしれた。

これは全部、自分自身に贈られているものなのだ。神嫁は大事に扱わなければならないから、という義務ではない。

自分を好いてくれているから、月影は自分を抱いている。

そう思ったら、どんなに愛撫され、睦言を囁かれても、ちっとも足《た》りなかった。

それどころか、もっと月影が欲しくなるばかりで、もっと欲しいと浅ましく強請《ねだ》り、月影から「今この先をしても、痛いだけだから我慢しろ」と窘《たしな》められる始末だった。

それでも、月影を求める衝動を抑えきれず、結局明け方までずっと――。

(私は……何をしているんだ!)

月影の愛撫が気持ち良過ぎて、頭が真っ白になったことは何度かあったけれど、あそこまで乱れたことはない。

どうかしていたとしか思えない。昨夜の自分は、自分の知らない自分だ。

(月影様……昨日の私をどう思われただろう……って!)

幸之助はっとした。そう言えば、月影の姿が見えない。

浅ましく強請った挙げ句、夫より遅く起きてしまうなんて……嫁失格だ!

慌《あわ》てて身支度《みじたく》を整え、たすきを掛けながら転がるように閨を出る。

月影の姿はどこにもなかった。代わりにあったのが、黒焦《くろこ》げた釜《かま》と置き文。文には、飯を炊《た》こうとして釜を焦がしてしまったことへの詫《わ》びと、昨日あんな帰り方をしてしまった無礼を黒星に詫びておくという旨《むね》が、簡単に記されていた。

寝坊《ねぼう》ばかりか、夫に朝餉《あさげ》も出さずに出仕させてしまうなんて、なんという失態だ。己の体たらくに呆《あき》れ返る。だが、それと同時に……月影と顔を合わさずにすんだことに、幸之助はほっと肩を撫《な》で下ろした。

月影にどんな顔をすればいいか、分からなかったのだ。

幸之助は、自分が月影に抱いている感情に、名前をつけかねていた。

惚れていると言われ、心だけでなく体でもその思いを感じたくて、房事《ぼうじ》を強請ってしまったり、もう一人にしないと抱き締められて、馬鹿みたいに安堵《あんど》したり……、

──実はな、昔は色んな野花を咲かせることができたのだぞ。だが、ぬしに惚れて、嬉《うれ》しいことがあると必ずぬしを思い出すようになってからというもの……たんぽぽしか咲かぬようになってしもうて……どうしてくれる。

昨夜、耳に唇を寄せられ詰《なじ》られた、その囁きを思い返しながら、庭一面を黄色に染めるたんぽぽを見ただけで、胸がぎゅっとなって、顔が熱くなる。

こんな気持ちは、生まれて初めてだ。だから、これが何という感情なのか分からない。

恋、と名づけてしまっていいのだろうか?

でも、自分も月影と同じように……と言うのは、ひどく抵抗を覚えた。

十年もの長い間、幸之助のことだけを一途《いちず》に思い、苦労を重ねてきた月影の思いと、たった数ヶ月の夫婦生活で芽生えた自分の思いが、同じものだとしていいわけがない。

それに……昨日の月影と白夜のやり取りを思い返してみても、今の状況を素直に喜べない。

この夫婦生活が成り立っているのは、ひとえに月影の努力の賜《たまもの》だ。自分たちが夫婦でいることで起こる問題、軋轢《あつれき》に、月影が一人だけで向き合い、対処している。

今のまま、月影だけが全ての苦労を抱え込み、無理して頑張り続けたら、月影はきっとボロボロになってしまう。

月影からの好意をただ喜ぶだけでは駄目だ。それ以上を考えなければ。

(私は、月影様のために……どれだけ頑張れるだろう)

月影の気持ちが本当に嬉しかったから、いい加減な気持ちを返したくなくて、縁側で月影が焦がした釜の焦げをたわしで擦りながら、あれこれ真剣に考えていた……その時。

「もうし、もうし」

どこからか、声が聞こえてきた。顔を上げると、茶色い獣《けもの》の耳と尻尾《しっぽ》の生えた老人が、大きな風呂敷包みを背負って歩いてくるのが見える。

「こちらは、加賀美《かがみ》の里の狗神《いぬがみ》、月影様のお宅でしょうか」

頷《うなず》いてみせると、老人は深々と頭を下げてきた。

「和泉《いずみ》の里の狗神、甲凱《こうがい》の使いで参りました。このたびは、ご結婚おめでとうございます」

「そんな……わざわざお越しいただきまして、ありがとうございます」

幸之助が頭を下げ返すと、老人は背負っていた風呂敷包みを地面に下ろした。

「結婚祝いです。どうぞ、お納めください」

我が里自慢の味噌でございます。と、包みを開き、中に入っていた樽《たる》を指し示す。幸之助が会釈《えしゃく》しながら受け取ろうとすると、

「『小童《こわっぱ》！　嫁を取ったからと言うて、腑抜けておったら承知せぬからなっ』」

突然、老人が大声で怒鳴るものだから、幸之助は肩を震わせた。

「我が主、甲凱様のご伝言でございます。それでは、よろしゅうに」

再度頭を下げると、老人は行ってしまった。その姿を幸之助が呆気《あっけ》に取られつつ見送っていると、奥から空蝉《うつせみ》がチョンチョン飛び歩いてきた。

「先ほど、何やら騒がしい爺《じじい》の声が聞こえた気がしたのですが」

幸之助が先ほどの顛末《てんまつ》を話すと、空蝉は「ははぁ」と得心したように声を上げた。

「あの、甲凱様とはどういうお方なのですか？　それに、和泉の里の狗神というのは」

「はい。主君であられる山神様は、この加賀美の地を護る狗神一族の他に、別の狗神一族郎党を十ばかりほど従えていらっしゃいます。甲凱様はその中のお一つ、和泉の里を守護している一族の方です」

「月影様ご一族だけではないのですね。その方たちとはよく、交流されているのですか？」

「白夜様《びゃくやさま》のような一族の長《おさ》たちは、山神様のお屋敷で頻繁《ひんぱん》に会合を開いておりますが、下々《しもじも》の者はそのようには……数年に一度、親善試合をする程度です」

そして、昨年の親善試合で甲凱の相手をしたのが、月影だったのだという。

結果は、月影の圧勝。甲凱は大層悔《くや》しがった。

「甲凱様は腕に自信がおありでしたからね。おまけに、白狗《びゃっく》の……しかも、己の十分の一以下も生きておらぬ坊ちゃまに負けるなど、信じられぬと……」

「……え」

暢気《のんき》に月影の武勇伝に感心していた幸之助は、思わず声を漏《も》らした。

「待ってください！　あ、あの……甲凱様は今年、おいくつになられるのですか」

「さて、正確には分かりませぬが、確か二百歳ほどだったと……まぁ、若造ですな。ハハ」

「若造……？　二百歳が、若造なのですか？」

震える声で尋ねると、空蟬はこくりと頷いた。

「狗神様の寿命《じゅみょう》は千年を超えますからね、二百歳など……奥方様？　いかがなさいました」

「え？　い……いえ、何でもありません。あ……ちょっと、水を汲《く》んできます」

ぎこちなく答えて、慌てて空蟬に背を向ける。

一人になったところで、幸之助はその場に崩《くず》れ落ちてしまった。

狗神の寿命など、今まで気にしたことはなかったが、月影が自分と同い年だと聞いて、狗神も人間と同じくらいの寿命だと勝手に思い込んでいた。

しかし実際、狗神の寿命は千年をも超えるのだという。だったら——。

(月影様は、私が死んだ後……九百年以上も生きるのか)

九百年。眩暈《めまい》がしそうなほど膨大《ぼうだい》な時間だ。それに比べて、自分が月影と過ごせるだろう時間は、なんと短いのだろう。

それに……と、幸之助は泉の水面《みなも》に映る自分の顔を見て、表情を歪《ゆが》めた。

月影は今の若々しく美しい姿のままなのに、自分だけ……腰が曲がり、足腰が立たなくなって……月影が「可愛《かわい》い可愛い」と頰《ほお》ずりしてくれるこの顔も毛が抜け、皺《しわ》くちゃになって、醜《みにく》く崩れてしまう。

そんな自分を見ても、月影は今と同じように、燃えるような愛情を向けてくれるのか？

――ぬしにべた惚《ぼ》れじゃ。ぬしがそばにおってくれるだけで、俺はいくらでも頑張れる。

「……月影様」

昨夜、あんなに……揺るぎない不変のものに感じられた月影の愛の言葉が、今にも消えて落ちそうな線香花火のように、ひどく儚《はかな》く思い返されて、幸之助は小さく呻《うめ》いた。

月影が仕事から戻るまでには、何とか平静を取り戻そうと思っていた。けれど、

「おお、ヨメ！　帰ったぞ」

いつものようにはち切れんばかりに尻尾を振りながら、満面の笑みを浮かべる月影を見た途端、胸が苦しくなった。

「？　ヨメ、いかがした。気分でも悪い……」

「……いえ、別に。それより……今朝《けさ》は、申し訳ありませんでした。寝坊してしまって」

「むう？　ああ……よ、よい！　なにせ、昨夜はその……ハハ……あ！　それより、釜のことは悪かった。飯を炊くのが、あのように難しいとは……ヨメはすごいな！」

よく動く耳と尻尾。童《わらわ》のように無邪気《むじゃき》な笑顔。いつもどおりだ。ここに来た時から、ずっと同じ……でも。

「あ、あの……お腹、空《す》いてるでしょう？　すぐ準備できますので待っててください」

幸之助は逃げるように、台所へ走った。

駄目だ。月影の顔を見ていると、つい色々考えてしまう。

月影は自分が死んだ後、どうするつもりなのだろう。

また、妻を娶《めと》るのか？　そしていつか、自分のことを忘れて……と、そこまで考えて、幸之助は唇を噛《か》みしめた。

自分は馬鹿だ。今考えても詮無《せんな》いことばかり、あれこれと……昨夜、あれほど熱烈に睦言を囁かれ、浮かれておいて、どうかしている。

つくづく、自分は心根が弱い！　と、苦々しく己を叱咤《しった》した時だ。

「い……っ！」

突如、指に鋭い痛みを覚え、幸之助は持っていた包丁を土間に落としてしまった。

人差し指がざっくりと切れて、血が滲《にじ》んでいる。誤って包丁で切ってしまったらしい。

「ヨメッ？　いかがしたっ」

包丁が土間に落ちた音は思いのほか大きかったらしく、居間にいた月影が飛んできた。

「あ……大丈夫です。少し指を切っただけで、大したことは……っ」

幸之助は怪我《けが》した手を隠そうとしたが、月影に手首を摑《つか》まれ、引っ張られてしまった。

「馬鹿者！　これのどこが少しだ。血もこのように出……っ！」

不意に、月影がはっとしたように口を閉じた。

どうしたのだろう。不思議に思って、幸之助は月影を見上げた。

月影は微動だにせず、血の滴《したた》る指を食い入るように見つめている。

普段、感情表現豊かで生き生きとしているとび色の瞳が、いやに無機質に感じられる。

感情がどこにも見えない。だがそのくせ、眼光だけがやけにギラギラ光っている。

その異様な目の輝きに、幸之助は悪寒《おかん》を覚えた。この目に、見覚えがあったからだ。

(この目、まさか……いや！　そんなことないっ。月影様に限ってそんな)

動揺しながらも、胸の内で必死に否定する。だが、月影がひくりと鼻を鳴らし、好物の餌《えさ》を目の前にした犬のように、赤い舌で唇を舐《な》めた瞬間、言いようのない恐怖に襲われて、思わず……力の限り、月影を突き飛ばしてしまった。

「……っ！」

我に返ったように、月影が息を止めた。そして、覚束《おぼつか》ない足取りで後ずさりながら、

「あ……す、すまぬ。俺は、その……」

「つきか、げさ……」

「あ……ああ！　い、いかん。そう言えば……叔父御《おじご》のところに忘れ物をしたっ」

滑稽《こっけい》なほど目を泳がせながら早口に言うと、脱兎《だっと》のごとく家を飛び出し、行ってしまった。

そんな月影を、幸之助は顔を真っ青にして呆然《ぼうぜん》と見送った。


夜の帳《とばり》が下りて、あたりがすっかり暗くなっても、月影は帰ってこなかった。

いまだジクジクと痛む、手当てした指を見つめながら、幸之助はもう片方の手で袴《はかま》を握《にぎ》りしめる。

今まで、月影が幸之助を喰《く》いたそうな素振《そぶ》りを見せたことは一度もない。幸之助の体中の肌を舐め回し、涙や体液を飲んでも、愛《いと》おしげに見つめてくるばかりだった。

だから、狗神は力を得るために人を喰うことはあるが、それはとても特殊《とくしゅ》なことで、狗神の中に人を喰いたいという欲望は皆無《かいむ》なのだと思っていた。

しかし、先ほどの月影のあの態度。

本人も驚いているようだった。もしかしたら、人間の血の匂《にお》いを嗅《か》いだのは、今日が初めてだったのかもしれない。

思ってもみなかった匂いがして、物珍しかったのだろうか。それとも……と、そこまで考えて、幸之助は首を振った。

何を考えているのだ。月影が、自分を喰いたいと思うわけがないだろう。

もし仮に、血の滴る指を見て美味《うま》そうだと、うっかり本能で思ってしまったとしてもだ。他に食べるものがないわけでもなし、我慢できないわけがない。と、悪い方向に向かおうとする心に懸命に言い聞かせていると、戸口のほうで音がした。月影が、帰ってきた。

大きく息を吐《は》き、幸之助は月影を出迎えに戸口に向かった。

「……起きて、おったのか」

いつものように平伏《へいふく》して出迎える幸之助に、月影が掠《かす》れた声を漏《も》らした。

「はい。……お帰り、なさいませ。……夕餉《ゆうげ》になさいますか？　それとも、今夜はもう」

努めて平静を装いながら尋ねる。これでいつもどおり、二人で夕餉を取り、抱き合って眠れば、さっきのことなど軽く流してしまえると、心の中で思いながら——。

しかし、月影はすぐには何も言わなかった。その上、

「……ヨメ。今夜は、帰れぬことになった」

重々しく口を開いたかと思うと、いきなりそんなことを言い出した。

「……え。そ、それは……どういう……」

「どうも、近くで大きな飢饉《ききん》が起きたらしいのだ。以津真天《いつまで》が大量に湧《わ》く可能性がある。それゆえ、念のため見張りを強化しておいたほうがいいということになって……」

尤《もっと》もらしい理由だ。いつもなら、その言葉を鵜呑《うの》みにしたことだろう。だが、今は——。

（……絶対、嘘《うそ》だ）

そう、思ってしまった。

（月影様は怖いんだ。今、私と一緒にいたら、思わず私を喰ってしまうのではないかと……それくらい、私が喰いたくてしかたないんだ！）

そう思った途端、恐怖が止めどなく噴《ふ》き出した。

久しく忘れていた、喰われるかもしれないという恐怖が全身を包み込む。

体が滑稽なほどに震え、歯がカチカチと音を鳴らす。

「ヨメ……なにゆえ、そのような顔をする。……ハハ、心配いたすな。以津真天は俺が必ず食い止めるゆえ、そのように怖がること……っ！」

月影が息を呑む。月影が伸ばした掌《てのひら》から、幸之助が逃げるように後ずさったからだ。

そして幸之助と目が合った瞬間、両の目を限界まで見開いた。

「あ……ヨメ、もしや……ぬしが怖がっておるのは、俺……」

「め、滅相《めっそう》もありません！」

月影の顔を見て我に返った幸之助は慌てて平伏し、震える声で叫んだ。

「つ……月影様を、怖がるなど……あろうはずが、ありません！」

（ああ……私は、何を考えたっ？　月影様が私を喰うわけがないのに……違う違う！）

必死に自分に言い聞かせる。けれど、体の震えが止まらないばかりか、

「それ、より……お仕事に戻らなくて、大丈夫ですか？　見回りに行かれるのでしょう」

口からは、早くここを出ていくよう促す言葉しか出てこない。
怖いのだ。頭では怖がる必要などないと思っても、体が、本能が、月影を拒絶する。
早くどこかへ行ってくれと騒ぎ立てる。
そんな幸之助に、月影は何も言わなかった。だが不意に、しゅんと耳を下げて、
「……では、行ってくる。それと……これ」
大事にいたせ。ぽつりと呟きながら何かを置いて、月影は出ていった。
戸が閉まった瞬間、幸之助は腹に溜《た》めていた息を一気に吐き出した。
(よかった。やっと……いなくなった)
本気で、そう思った。しかし、ふと顔を上げた時、あるものが目に止まった。
薬草だった。切り傷によく効くと、
――ヨメ、これは何に効くのだ？　……切り傷に？　ほう、ヨメは物知りだのう！
いつか二人で薬草を採りに行った時に、自分が月影に教えた――。
「……あ……あああ」
声にならない声を漏らしながら、震える手で薬草に手を伸ばした……その時。
――……マデモッ！　……イツマデモッ！
耳にかすかに届いた、禍々《まがまが》しい鳴き声。幸之助は慌てて外に飛び出した。
墨《すみ》を流したように真っ黒な空に、赤い光がユラユラとたゆたっているのが見える。

それが、以津真天の目だと分かった瞬間、幸之助はその場に崩れ落ちた。以津真天が攻めてくるかもしれないという、月影の言葉は本当だった。しかも、幸之助の怪我を案じ、薬草まで採ってきてくれた。

それなのに、自分は月影の言葉を嘘だと決めつけた挙げ句、

――よかった。やっと……いなくなった。

まるで、忌《い》むべき化け物のように月影を怖がり、あんな態度を取ってしまった。

（わ、私はっ……私は、月影様に……なんてひどいことを……！）

薬草を握りしめ、幸之助は切実に己を恥《は》じた。そんな幸之助を嘲《あざけ》るように、以津真天がけたたましく鳴き続ける。いつまでも、無様にそうしていろよと、言わんばかりに。

もう二度と、月影を怖がったりしない。

散々自分を責めて、幸之助は固く心に決意した。

けれど、いくら心でそう思っても、体は全く言うことを聞いてくれなかった。

怖がるな。血の匂いを嗅がせなければ大丈夫だと、何度自分に言い聞かせても、月影を目の前にすると、反射的に全身が強張《こわば》り、腰が引けてしまう。

そんな態度を取れば、月影を嫌な気持ちにさせると、分かっているのに。

不本意とはいえ、月影を傷つけてしまう自分が嫌で、月影に申し訳がない。後ろめたくて、月影の顔もまともに見られない。目が合っても、すぐ逸《そ》らしてしまう。そんなものだから、月影は幸之助から徐々に距離を置き始めた。

表面上は今までどおりニコニコ優しく接してくれたが、庵に帰ってくる時間がどんどん遅くなっていき、一緒にいても一定の距離を保ち続け、一切触れてこない。

夜寝る時も「風邪《かぜ》をこじらせた。移しては悪いから」と、どこかから布団をもらってきて、居間で寝るようになってしまった。

怖がる自分を気遣《きづか》ってくれている。でも……それが、寂しくてしかたない。

月影が足りない。全然足りない。

「さすが俺のヨメぞ！」と頭を撫でてほしい。全身が蕩《とろ》けるほどにまぐわって、満ち足りた余韻《よいん》に包まれながら、月影の腕の中で眠りたい。……一緒にいたい。

自分が月影と一緒にいられる時は、月影にとっては……ほんのひとときでしかないという事実を思うと、余計に——。

しかし、それと同時に、月影がそばにいなくてほっとしている自分もいる。

怖い。寂しい。喰われたくない。恋しい。近づかないでほしい。抱き締めてほしい。

かけ離れた感情が激しくぶつかり合い、幸之助は混乱した。一体、どうしたらいい？

「ハハ、どうしようもないですな」

ある日の昼下がり、たまらず相談すると、空蟬は暢気にカアカア鳴きながらそう言った。

「喰われたくない、死にたくないと思うは自然の摂理《せつり》。どうにかなるものではありません」

「そ、そんな！　でも、今のままじゃ……っ」

「お嫌なのですか？　でしたら、その摂理から外れるしかない」

外れる？　幸之助が首を傾《かし》げると、空蟬はクックッと喉《のど》の奥で笑った。

「喰われたくないと思うから怖いのです。だったら、いっそ……喰われてもいいと思えばいい。そしたらもう、怖いだなんて思いません」

「それ、は……」

理屈は、分からないことはない。だが、どうやったらそんな境地に行ける？

里人たちの命がかかっていると知りながら、八年かけても喰われることを覚悟できなかった臆病で浅ましい自分が……と、思った時だ。

「そうやって、我が子もたぶらかしたか？　『死神』」

冷淡な男の声がした。見ると、庭先に佇《たたず》む男の姿が見える。

夏の白い陽光にひどく不似合いな、全身黒づくめの異様ないでたち。この男は――！

「これはこれは、白夜様。かような辺鄙《へんぴ》なところで奇遇ですな。……お散歩ですか？」

空蟬が普段の軽い調子で答えている間に、幸之助は慌てて庭に下り、平伏した。

「よ、ようこそ、おいでくださいました。月影様は今留守にしておりますが、よろしかったらお上がりになっていただいて……」

「『死神』、いね。目障《めざわ》りじゃ」

挨拶する幸之助には見向きもせず、白夜が空蟬に言い放つ。

まるで、忌むべき害虫を相手にするような冷酷さに、幸之助は身震いした。だが、空蟬はどこ吹く風とばかりにカアカア嗤《わら》う。

「相変わらずでございますな。坊ちゃまと違って……面白みも糞《くそ》もない」

「う、空蟬さん！　一族の長様になんてことを……っ」

幸之助が声を上げると、空蟬は毛繕《けづくろ》いしながらこう言った。

「そのようなこと、この空蟬にはどうでもよいことでございます。私の関心事は、この世で坊ちゃまのことのみ。あとは全て、有象無象《うぞうむぞう》……ほほほ」

歌うようにそこまで呟いたところで、空蟬は白夜の顔を見て嗤った。

「おお怖い怖い。では、私めはしばらく退散いたしましょう。まだ坊ちゃまとともにありとうございますゆえ」

そう言うと、空蟬は翼を広げ、緩慢《かんまん》な動きで飛び立っていった。そんな空蟬を一瞥《いちべつ》し、白夜がわずかに眉を寄せる。

「あのイカレ鴉《がらす》。いつか、八《や》つ裂《ざ》きにしてやる」

憎々しげに吐き捨てる白夜に、幸之助はごくりと唾《つば》を飲んだ。

空蟬は狗神一族から嫌われているとは聞かされてはいたが、ここまで険悪だったとは。

月影も、空蟬は一番信頼できる下僕と言いながら、ろくでなしと言っていたし……空蟬は一体何者なのだろうか。

そんなことを考えていると、白夜がようやくこちらに目を向けてきた。

「我が屋敷に来て以来、月影を怖がっておるそうだな」

突如、単刀直入にそう聞かれたものだから、幸之助は面食らった。

「わしが、そちを喰わねば認めぬと月影に言うたからか？　……はっ、あの程度のことで夫婦生活が行き詰まるとは、脆《もろ》いものよ」

「も……申し訳ありません。ですが、私は……っ」

「別に、そちを責めておるわけではない」

やんわりと、白夜は幸之助の言葉を遮った。

「これは全て、月影の不徳によるものじゃ。そちに大事なことを一切告げず、騙《だま》して……これで、夫婦になどなれるはずがない。童のままごとのようなものだ……」

「い、いえ！　私のせいですっ」

今度は、幸之助が白夜の言葉を遮った。

「私の心根が弱く、頼りないから、月影様は何も言えず、全部自分一人で抱え込まれてしまったんです。だから、月影様は悪くありません」

本心だった。確かに、隠し事をされていたことは辛い。だが、最初に全てを打ち明けられて、それを受け止められていたとはとても思えない。

それに、月影はよく頑張っている。これ以上頑張らせたら、倒れてしまうのではないかと思うくらい。

だから、今度は自分が頑張るしかないのだ。

月影とこれからも夫婦を続けていくためには、自分が……！

「努力します。これからも目一杯、月影様の立派な嫁になれるよう頑張りますからっ」

必死に訴える。すると、白夜が酷薄《こくはく》な笑みを浮かべ、嗤い出した。

「よくもまぁ、心にもないことをべらべらと……そうやって、月影にも取り入ったか」

「！　……そ、そんな。全部本心ですっ。私は、これからも月影様と……っ」

「逃げ出した分際で」

一瞬、何を言われたのか分からなかった。しかし、

「八年前、里から逃げ出したそちに、雷を落としたのはこのわしじゃ」

続けて言われた言葉に、全身の血液が凍りついた。

「すぐ里に戻ったゆえ、許してやったが……ここまでなりふり構わぬ見苦しい輩《やから》と分かっていたら、あの時殺しておったに……しくじったわ」

「あ……ああ……」

恐怖で声も出ない幸之助に、白夜がぐいっと、端整な白い顔を近づけてきた。

「人間、そこまでして生きたいか。化け物と忌み嫌うものの嫁になって、毎日怯《おび》えながら、心にもない世辞を並べ立て続ける……そこまでして、生にしがみつく意味などあるのか？」

侮蔑《ぶべつ》に満ちた表情で、静かに問われる。

瞬間、幸之助は息を止めた。心に、恐怖とは別の感情が涌き起こったからだ。

「ち……違い、ます」

わなわなと体を震わせながら、幸之助は声を振り絞《しぼ》った。

「確かに、私は……薄情な臆病者です」

八年前、神嫁が贄《にえ》だと知った時、なぜ人間を喰わなければならないのかと疑問に思うこともなければ、里人のためだと死を覚悟することもできず……どうすれば喰われずにすむか、それしか考えられなかったし、月影の嫁になったのも義務感だけだった。けれど、

――嫁入りなどと騙して喰うなど、神のすることではない。俺はどんなに苦労を重ねても、ぬしらに胸を張れる神になりたい。

「月影様にそう言われた時、私は……この方に一生ついていきたい、お役に立ちたいと、心の底から思いました」

「……」

「月影様が、大事です。私の……生きる縁《よすが》ですっ。だから、月影様が信じる道を歩けるよう、お助けしたい。決してっ、命惜《お》しさということでは……っ！」

幸之助は口を止めた。白夜の顔に突如、苦悶《くもん》の表情が浮いたからだ。

「月影の信じる道……それが、誤った道であったら、いかがする」

「……え」

「ぬしを喰わねば、月影は死ぬ」

「……っ！」

「それでも、月影のしようとしていることは正しいと申すか」

突然のその言葉に、幸之助は小刻みに首を振った。

「死ぬって……そんな……だって、あんなに元気で……」

「陽日《はるひ》を覚えておるか」

勿論《もちろん》覚えている。つぶらな瞳が愛らしい、月影の小さな弟。

「あれは、月影の……双子《ふたご》の兄じゃ」

「……あ、兄？　……ふた、ご？　そんな……そんなの、おかしい」

ありえない。どう見ても成人の月影と幼い陽日が、双子のわけが——。

「白狗は虚弱であると同時に、普通の狗神の十数倍の早さで成長する。誰よりも早く大人になり……信じられない早さで老いさらばえて、死んでいく。あやつの寿命は、持って後……数十年といったところか」

数十年？　狗神は千年以上生きられるのに、月影はたったの……数十年。

「あやつを一人前と認められぬ理由がそれだ。いくら血を吐くような努力を重ね、力をつけようとも、そのように短命では使い物にならん」

ふっと、目映《まばゆ》い陽光が陰り、けたたましかった蟬時雨《せみしぐれ》が耳から遠のいた。

ずっと、自分と月影の寿命の違いをやり切れなく思っていた。

自分が死んだ後の長い年月を、月影はどう過ごすのだろう。他に妻を娶り、慈《いつく》しみ……自分のことを忘れていく。そんな未来を想像するたび、悲しさと寂しさで身を焦がしていた。

けれど、だからと言って、こんな……こんな……っ。

激しく狼狽《ろうばい》する幸之助を白夜は無言で見ていたが、ふと、やり切れない顔をして、

「これで分かったか、人間。白狗が……人を喰わねばならぬ理由が」

激痛に耐えるような、沈痛な声で呟《つぶや》いた。

「誰が、好き好んで……命を賭《と》して護《まも》っておる者を、喰いたいと思うものか。……喰いとうなかった。喰いとうなど、なかったのだ」

「……義父、上様……まさか……」

幸之助が掠れた声で呻くと、白夜は「そうよ」と皮肉げに嗤った。

「わしも元は白狗。人を喰うて、今の力を手に入れた。この黒髪と赤い目が、その証」

白夜は己の美しい黒髪を手に取り、両の目を細めた。

「十八の時、わしも月影と同じことを考えておった。人を喰わず、己が力でどうにかすれば

よいと。だが……わしの贄は、わしの目の前で自らの喉を突き、その身を捧《ささ》げてくれた」

——里には、あなた様の力が必要でございます。どうか、私を食べて里をお護りください。

「感謝しておる。あの者の助けがなければ、わしは今日まで里を護ってこれなんだ」

白夜は再び幸之助に目を向けてきた。その目は、ひどく悲しげだ。

「そうやって、我らはこの地を護ってきた。そしてこれからも、我らに身を捧げてくれた贄たちのためにも、護り続けねばならぬ義務がある。だが、月影は……そちへの恋に狂い、己どころか、後に生まれてくる白狗たちの命までも溝《どぶ》に捨てようとしておる」

「！　義父上様……っ？」

幸之助は思わず立ち上がった。白夜が、幸之助に深々と頭を下げたからだ。

「頼む。月影に喰われてやってくれ。そうせねば、月影は目を覚まさん」

「あ……わ、私は……っ」

嫌だと、瞬間的に思ってしまった。

自分は月影と一緒にいたい。生きて、月影を支えたいと。しかし、

「それが月影のためじゃ。そちが嫁としていくら尽くそうが、月影を幸せにできん」

この庭を見れば分かろう。そう言われ、幸之助はふと庭に目をやった。

瞠目《どうもく》する。……ない。嬉しいことがあると、月影がつい咲かせてしまうたんぽぽが、一輪も咲いていない。

「そ、んな……そんなはずない！」

目に映る光景が信じられなくて、幸之助は白夜がいるにも関わらず、地面に這《は》いつくばってたんぽぽを探した。

ないはずがないのだ。確かに最近ぎくしゃくしていたけれど、月影は何度も笑っていたし、尻尾だって振っていた。それなのに……！

あれは、全て演技だったというのか。本当はちっとも嬉しくなんてなかったのに、幸之助に気を遣って、無理矢理笑っただけだったのか。

（なかったの？　月影様が嬉しかったこと……何一つ……私は……私はっ）

怖いという思いを噛み殺して、いつもどおり月影に喜んでもらおうと必死だったのに。

これでは……月影にとって、自分の存在は……！

目の前が、真っ暗になった。


夕方、幸之助はいつもどおり夕餉の支度を整え、月影を出迎えた。

月影もいつものように笑顔を向けてくれ、夕餉も「美味い美味い」と尻尾を振りながら食べてくれた。だが、いくら耳をすませても、たんぽぽが咲く音は一切聞こえてこない。

それがたまらなくて、夜、幸之助は思い切った行動に出た。

居間で寝ようとする月影の元に枕を抱えて押しかけ、「一緒に寝させてくれ」と頼んだのだ。月影はひどく驚いた顔をした。しかしすぐ、「駄目じゃ。風邪が移る」と素っ気なく背を向け、横になってしまった。

その態度に、鼻の奥がつんとなる。それでも、幸之助は唇を嚙みしめ、何も言わず、勝手に月影の布団の中に潜《もぐ》り込んだ。

月影の広い背中にしがみつき、顔を押しつける。「よさぬか」と月影が嫌がるように身じろぎしたが、無視した。

「ヨメ……よせと、言うておろう。風邪……風邪が、移ると言うて……」

「……月影、様っ」

切羽詰《せっぱつ》まった声で叱咤してくる月影の名を、幸之助は切なげに呼んだ。その瞬間、

「……んんぅっ」

月影が突如勢いよく寝返りを打ったかと思うと、幸之助の体を荒々しく搔《か》き抱き、唇に嚙みついてきた。それこそ、喰ってしまわんばかりの凶暴さで。

あまりの激しさに、恐怖で身が竦《すく》む。けれど、それはほんの一瞬のことだった。

「つきか、げさ……ぁっ、んん……ふぅ。月影さ、ま……っ」

全身を歓喜が包み込む。ようやく、この男に触れてもらえたという喜びが。

もっと、触ってほしい。月影が欲しいだけ……何なら、喰ってしまったっていい。

月影が満たされるなら、たんぽぽが一輪でも咲いてくれるなら、それで……ああ。

そこまで本気で考えて、ようやく気づく。

自分は、月影が愛おしいのだ。月影に喜び一つ与えられないくらいなら、喰われたほうがましだと思えるくらい……好きで、好きでたまらない。

やっと自覚できた月影への恋心に、よりいっそう心が甘く疼《うず》く。それなのに……。

「んぅ……あっ。……っ、月影様？」

突然愛撫をやめたかと思うと、幸之助を抱き締めたきり、月影は固まってしまった。

動かない月影の名前をもう一度呼ぶと、

「……すまん」

苦しげな呻き声が、鼓膜《こまく》を揺らした。

「分かって、おるのに……ぬしが無理をして、こんなことをしておると、分かっておるのに……俺は、ぬしをこうせずにはおれんっ」

無理。その言葉に、幸之助は面食らった。

「そんな……無理などしておりません！　私は、月影様にこうしてほしくて……っ」

「もうよい！　何も、言うな。誰も怒らぬゆえ、もう……神嫁の役目のことは忘れろ」

幸之助の否定を遮り、月影が硬い声で小さく叫ぶ。

そんな月影に戸惑っていると、月影は震える手でますます幸之助の体を抱き込んできた。

「今まで、辛かったろう？　己は神嫁だからと、色んなものを諦《あきら》め、我慢して……最後には己まで捨てて、神嫁という役を演じ続けて」

「そ、それは……っ」

「俺が白狗に……ぬしと同じ日に生まれたばっかりにっ」

その悲痛な叫びに、はっとする。

「己の思いの一切を殺すことが当たり前になっていたぬしが、痛々しかった。だから、せめて俺だけは、ぬしが己を出せる、我《わ》が儘《まま》が言える存在になろうと思おうておったに、結局……俺が誰よりも、ぬしに我慢を強《し》いる男になってしもうた」

すまぬ。本当にすまぬ。頻《しき》りに謝り続ける月影に、幸之助は絶句した。

今までずっと、優しくしてくれた月影。それは、純粋な好意からだと思っていたが……それだけではなかった。

月影は、幸之助が自分の神嫁になったことを罪悪に思っていたのだ。

自分と同じ日に生まれなければ、自分が白狗でなければ、幸之助は普通に、自由に人生を生きることができたろうに、と。

けれど、そんな月影の心に、自分はまるで気づけなかった。

そして今までどおり、月影に対しても本音を隠し、「いい神嫁になりたい！」と言い、いい神嫁を必死に演じ続けた。

その行為が、どれだけ月影を傷つけるか、気づきもしないで……。

「あ、あ……ごめん、なさい。月影様の気持ちを考えもしないで……私は、私は……んっ」

神嫁としての自分しか、月影に必要とされていないと思ったから！　そう続けようとしたのに、言葉にならなかった。月影に、唇を塞《ふさ》がれてしまったから。

「つきか、げさ……ゃっ！　今、こんな……ぁ、ああっ。……んぅ」

「すまんっ。ぬしに、こんなことを言っても……ぬしは、また無理をして、嘘を重ねるだけで……追い詰めるだけで……分かっていたのに、なんで俺は……ああ、すまん。ぬしは俺がそばにいるだけでも嫌なのに、こんなこと……すまぬ……すまん」

譫言《うわごと》のようにまくしたてながら、幸之助の口を塞ぎ、幸之助の体を掻き抱いてくる。

そんな月影の姿に、幸之助は愕然《がくぜん》とした。

何があろうと気丈に振る舞い、笑顔を絶やさなかったこの男が、こんな……自分で自分が分からなくなるほどに取り乱し、暴走するなんて――。

限界だったのだ。

ただでさえ……貧乏暮らしをさせてすまない。苦労をかけてすまない。幸之助をなりたくもない神嫁にしてしまってすまない……と、強い負い目を感じていたのに、幸之助に化け物を見るような目で見られ、怖がられて、月影の心は傷つき、ぼろぼろになってしまった。

それなのに、自分は……月影に遠慮されるのが寂しい。それでなくても、月影の生涯《しょうがい》に自分が関われるのはほんの一瞬なのに、と自分のことばかり考えていた。

そう思うと、ひどくやり切れなくなって、

「ごめん、なさ……ァッ。はぁ……違う、から。私は、無理……なんて、してな……んんっ。我慢なんて……ぁ、んんぅ」

蕩けるような愛撫に意識を飛ばしながらも、必死に訴えた。けれど――。


翌日、月影を仕事に送り出した後、幸之助は一人庭に出た。

力なく、その場に崩れ落ちる。

たんぽぽは、一輪も咲いていなかった。昨夜、あんな……夜這いのような真似《まね》までして、あんなに自分の気持ちを訴えたのに、自分は何一つ、月影に思いを伝えられなかった。

それどころか、何を言っても月影はその意味を曲解し、一々傷ついて……。

そう思った時、頬に何か濡れた感触を覚えた。

空を見上げる。すると、薄暗い雲空から、たくさんの滴《しずく》が落ちてくるのが見えた。

あとからあとから、それは降りしきり、あっという間に木々や草花を濡らし、深く項垂《うなだ》れさせてしまった。

その様が、昨夜の月影の姿と綺麗《きれい》に重なって、幸之助は泣きたくなった。

月影の役に立ちたい、気持ちに応えたいと、常々思っていたはずだった。それなのに、結果はどうだ？　何をしても月影を傷つけるだけの、害悪な存在になってしまった。

（私では、もう……たんぽぽ一つ咲かない）

そう悟った瞬間、幸之助はようやく決心がついた。

……喰われよう。月影に。

自分は、世話になった里人たちや、これから生まれてくるだろう白狗のために、死ぬことを覚悟できない……そして、この世で一番愛おしい相手を傷つけ、駄目にすることしかできない、最低の人間だ。

けれど、それでも自分は……月影が好きだ。

月影がまた、たんぽぽを咲かせられるようになるなら、死んでもいいと思うくらい。

だから……月影のために、自分ができることが唯一それしかないなら、やるしかない。

でも、本当は――。

（月影様の……いい嫁に、なりとうございました）

こんな自分を好きになってくれて……たくさん努力してくれて、とても嬉しかった。

月影の気持ちに応えたかった。いい夫婦になりたかった。そして、

――ぬしに惚れて、嬉しいことがあると必ず、ぬしを思い出すようになってからというもの……たんぽぽしか咲かぬようになってしもうて……どうしてくれる。

たくさんのたんぽぽを、咲かせたかったのに……。

（こんな形でしか、お役に立てない……駄目な私を許してください）

たんぽぽが一輪も咲いていない、雨が降りしきる暗い庭で、全身ずぶ濡れになりながら、幸之助は一人泣いた。


雨上がりの夕方、幸之助は悲壮《ひそう》な覚悟で月影を出迎えた。

本当は、月影が帰ってくる前に文を残して自害しようかと、何度も考えた。

今の自分は、月影に何を言ったって信じてもらえない。だったら、月影のために喰われたいと言っても、意味を歪曲《わいきょく》され、不毛なことになるだけだと。

だが、そんなの……ただの口実だ。月影と向き合うのが怖くて、逃げるための言い訳。

……やはり、怖くても、自分の口からしっかりと気持ちを伝えるべきだ。

そうすれば、白夜に身を捧げた贄のように、自分も月影の糧《かて》になれるはずだと。

「空蟬はまだ帰ってこぬのか？　全く、あの老いぼれ鴉、どこで遊んでおるのか」

「明日には、帰ってくるかと……どうぞ」

（空蟬さん……ちゃんと、お別れしたかったな）

心の中でそう思いながら、幸之助は味噌汁の入った汁椀《しるわん》を月影に差し出した。

「むう？　これは……タラの芽ではないか。よくまだあったな。旬《しゅん》はとっくに……っ！」

味噌汁を飲みかけ、月影は表情を強張らせた。

「ヨメ……味噌汁の中に、何を入れた」

「……やはり、お分かりになるんですね。二、三滴《てき》しか入れなかったのに」

幸之助がそう言うと、月影がますます表情を険しくさせる。

「なぜじゃ。なぜ……味噌汁の中に己の血など……っ」

「飲んでください」

「……何」

「私と、これからもずっと夫婦でいたいのなら、飲んでください」

不思議と、普通に声が出た。緊張のし過ぎで、今にも窒息《ちっそく》してしまいそうだというのに。

月影は、味噌汁を見つめたまま固まってしまった。聡明《そうめい》な彼のことだ。幸之助がこんなことをする意味や、これにどう応えるべきか、必死に考えているに違いない。

どのくらい経《た》っただろう。月影は味噌汁には口をつけず、椀を置いた。

「いくら、ぬしの頼みでも……これは飲めん」

「それは……飲んだ途端《とたん》、理性を忘れ、私を喰いそうだからですか？」

「……分からん」

今にも死にそうな顔で、月影は首を振った。

「何でもないかもしれぬし、ぬしが言うようなことになるかもしれぬし……俺にも分からんのだ。……だから、飲まぬ。下手《へた》なことをして、いらぬ危険を増やしとうない」

「でも、血の匂いを嗅いだだけで……喰いとうなるのでございましょう?」

「ならんっ!」

思わずと言ったように、月影は声を荒げた。

「確かに、ぬしの血を初めて嗅いだ時、思いがけず美味そうな匂いだと感じて動揺した。だが、それだけじゃ。喰いたくて我慢ならんとか、そのように思うたことは……っ」

「……月影様っ」

内に巣食《すく》う不安から逃げるように、必死になって否定する月影の姿が痛々しくて、幸之助は首を振った。

「もう、やめましょう? こんなこと……これ以上続けても、辛くなるだけです」

「こんな……こと? 何の、こと……」

「月影様と私の……夫婦生活ですっ」

言いたくない言葉を、懸命に吐き出す。

「無理なんです。月影様がどんなに努力しても、月影様が、私をつい喰ろうたらどうしようと不安に思い続ける限り、月影様は私の反応を一々疑って傷ついて苦しむんですからっ」

そう言った瞬間、幸之助は思わず唇を噛みしめ、俯《うつむ》いた。たんぽぽが一輪も咲いていない庭の光景が脳裏《のうり》を過《よぎ》って、たまらなくなったのだ。

（ごめんなさい、ごめんなさい。私が独りよがりで臆病だったばっかりに、月影様をこんなにも傷つけて……月影様が一生懸命築いてくださった、夫婦生活を台無しにしてしまって）

謝ろうとした。けれど、どうしても言葉にならない。

目頭が熱くなり、思わず漏れてしまいそうな嗚咽《おえつ》を嚙み殺す。

駄目だ。ここで泣いてしまったら……言えなくなってしまう。

こんな自分でも月影の支えになりたい。だが、生きていたって月影を駄目にして、苦しめることしかできない。だからせめて、自分を喰って、立派な狗神になる糧にしてくれ、と。

（堪《こら》えろっ。今度こそ、ちゃんと伝えなきゃ……この気持ちを分かってもらわなきゃっ）

胸の内で懸命に自分を鼓舞しながら、震える唇を動かそうとした、その時。

「……ハハハ」

頭の上から、乾いた嗤い声が降りてきたかと思うと、

「『月影様が』、『月影様は』……ぬしは、このような時まで、己が本心を言わぬのだな」

ぞっとするほど、冷たい声がした。

弾《はじ》かれたように顔を上げる。すると、色のない虚《うつ》ろな目で幸之助を見下ろす、とび色の瞳と視線がぶつかり、幸之助は背筋に悪寒が走った。

「全部俺のせいか？　俺が辛くて憐《あわ》れだから、俺のために夫婦を辞めてやると？　……この

際だ。正直に申せ。俺との暮らしにうんざりしたから、いい加減別れたいと」

「！　そんな……そのようなことは断じてありませんっ！　私は……月影様っ？」

「もうよい！　ぬしの心無いおべっかには、俺もうんざりじゃっ」

幸之助の腕を乱暴に摑むと、月影は強引に幸之助を立たせ、戸口に引っ張っていく。

「望みどおり離縁してやる。どこへなりと勝手に行けっ」

その言葉に、幸之助は頭をガツンと殴《なぐ》られたような気がした。

「月影様っ、離してください！　私の……私の話を聞いてください！　私は、月影様が」

「煩《うるさ》い！　煩い煩い！　聞きたくない。ぬしの言葉など、もう何一つ聞きたくないっ」

こちらを見ようともしないで、激しく頭を振る月影に、幸之助は身を切られる思いがした。

お前の話なんか聞きたくないと言うくせに、一切信用してくれないくせに……幸之助が別れたいのなら、どこへなりと行けと言う。

幸之助を喰わねば、すぐ老いて死んでしまうのに、それすら言わないで――！

この男は、どこまで……幸之助のために自分を犠牲にすれば気がすむのだ。

でも……嬉しくない。そんなことされても、辛いだけだ。

月影と別れるなんて嫌だ。月影が自分を誤解したまま、独り寂しく死んでいくのも嫌だ。

耐えられない。そんなことになるぐらいなら、自分は……自分はっ！

「……っ！」

幸之助は、渾身《こんしん》の力で月影を突き飛ばした。

虚《きょ》を突かれた月影が体勢を崩し、幸之助の手を離す。その隙《すき》を突いて、幸之助は月影の手を逃れ、走った。

向かうのは台所。そして、懸命に手を伸ばした先にあるのは、包丁。

毎日、月影のためにと心を込めて料理を作ってきたそれを鷲掴《わしづか》み、切っ先を己に向ける。

これで血をぶちまければ、月影は本能に負けて自分を喰ってくれるはず――。

（……月影様、ごめんなさい）

自分の気持ち一つ満足に伝えられない、口下手で馬鹿な嫁で……けれど。

（どうか……残さず、食べてくださいね？）

心の中でそう呟いて、幸之助は自分の喉めがけ、包丁の刃を突き立てた。

……はずだったのに。

「やめろっ！」

すんでのところで、手に持った包丁を月影に叩《たた》き落されてしまった。

包丁が土間に転がる。だが、幸之助は諦めない。犬のように四つん這いになりながら包丁に飛びつこうとした。しかし、月影はそれも許してくれない。

「いい加減にいたせっ」

どう制止しようが聞く耳を持たず、包丁に手を伸ばそうとする幸之助の頬を、月影は思わずと言ったように叩いた。

「なぜだっ？　なぜこのような……まさか、ぬしは最初から死ぬ気だったのか？　離縁したら、神嫁の役目が果たせなくなるからと……」

「うう……ち、ちが……違う……ううう」

目から大粒《おおつぶ》の涙を流しながら、幸之助は月影の袖《そで》を摑んだ。

「できない。神嫁だから、じゃ……こんなことっ」

「え……」

「辛い、のです。月影様は、私のためにたくさん……千年以上の寿命さえ捨ててくださったのに、私は……何も返せない。もう、たんぽぽ一輪……咲かせられないっ。だったら、いっそ……月影様に、喰われてしまったほうがいいっ」

「ヨ、ヨメ……」

「お慕《した》いして、おります。月影様を……何よりも、誰よりも。……だから、どうか」

私を、食べてください。涙ながらに、幸之助は訴えた。

だが、月影は何も言わない。目を見開いたまま、幸之助を凝視《ぎょうし》するばかりだ。

やはり、もう……自分の言葉は何一つ、月影には届かないのだろうか。

悲しくて、幸之助が唇を嚙みしめた……その時。

「……くさった」

「……え？　……わっ！」

「ヨメが……ヨメが俺に惚れくさった！」

顔を輝かせそう叫んだかと思うと、月影は幸之助を抱きかかえ、床を転がり回った。

同時に、ポポポンポポポンとたんぽぽの咲く音が幾重《いくえ》にも響き渡る。

「あ……信じて、くださるのですか？　月影様……私の言葉、信じて……っ」

「馬鹿者。あそこまでされて疑うも何もあるか。俺も大事じゃ、ヨメ。ぬしが一番じゃ」

ぎゅっと抱き締められ、噛みしめるように囁かれる。とても嬉しい言葉だが、何というか
……ひどく釈然としないものを覚え、幸之助は涙で濡れた頬を膨らませた。

「つ、月影様はあそこまでしないと、私の言葉を信じてくださらぬのですか！」

「むう？　信じるも何も、ぬしはさようなこと、一言も言ったことがないではないか」

そんなことはない！　そう言い返そうとしたが、よくよく思い返してみると……そう言えば、月影が好きだと力説した相手は、月影ではなく白夜だったような——。

「す、すみません。失念しておりました」

「ふふん！　そそっかしい奴じゃ。……なぁ今一度聞きたい。ぬしは俺をどう思うておる」

破壊しそうな勢いで床を尻尾で連打しながら、月影が強請ってくる。そんな月影に愛おしさが込み上げてきたが、幸之助はふと顔を俯けた。

「月影様を……お、お慕いしています。でも……このままなのは、よくないと思います。月

影様が私を食べないと、月影様はすぐに老いて死んでしまうし、後に生まれてくる白狗の狗神様も同じ目に……それを思うと」

「……先ほどから気になっておったが、俺の寿命のこと、ぬしは誰から聞いた」

「え？　あ……それは、その……」

不意の質問に、幸之助は口ごもる。そんな幸之助を見て、月影は「父上か」と息を吐いた。

「あのまま黙っているとは思えなかったが……ヨメにいらぬことを吹き込みおって」

「あの……義父上様に悪意はありません。里のことと、月影様のことを心配して」

「……分かっておる。だが、ぬしに隠し事をしておることも事実」

隠し事？　幸之助が首を傾げると、月影は幸之助から身を離し、改まったように居住まいを正した。

「もうこの際じゃ。俺がぬしを喰えぬ本当の理由を話す。……確かに、俺はぬしを喰わねば百年も生きられん。だが、ぬしを喰えば、普通の狗神になれるというわけでもないのだ」

「！　それは……どういう……」

「贄一人では足らぬということだ。それに、いっぺんに喰えばいいというわけでもない。……五十年ごとに一人ずつ、五人喰ってようやくなれる」

重々しく告げられたその言葉に、幸之助は絶句した。

自分が喰われさえすれば、月影を普通の狗神にしてやれると思っていた。だが、五十年ごとに一人ずつなんて……月影はこんなことをまだ、四回も繰り返さなければならないのか。

月影はそれが耐えられなくて、人間を喰わないことに決めたのだろうか。幸之助がそう思っていると、月影は意外なことを言ってきた。

「だが、俺は思うのだ。二五〇年先まで、かようなことを続けられるわけがないと」

幸之助は目を丸くした。確かに今、嫁入りと偽《いつわ》り贄を出させている状況ではあるが……。

「私の前の神嫁様が嫁《とつ》いだのは、二五〇年前と伺《うかが》っております。それでも、今回も神嫁の儀は今までどおり行われました。だったら……」

幸之助が思わず聞き返すと、月影はしゅんと大きな耳を下げた。

「父上もそう言うた。たかが二五〇年が何だと言うのだ。今までと何も変わらぬと。だがな、これからの二五〇年は、今までのそれとは違う。我らと里人の関わりが劇的に変わる」

「変わる……どのように、変わるのですか？」

「里人が、我らを必要としなくなる」

さらりと言われたその言葉に、幸之助は息を呑んだ。

里人が狗神を……ひいては神を必要としなくなる？　考えられない。

千年以上前からずっと、里人は神を崇拝《すうはい》してきた。今も、この地で豊かに暮らしていけるのは神のおかげと日々感謝し、お供《そな》え物《もの》だって欠かさない。それなのに……！

驚く幸之助に、月影は悲しげに笑った。

「前に言うたであろう？　神と人の関係とて、所詮《しょせん》はただの利害関係。益がなければ信仰《しんこう》などせん、と。今まさに、そういう状況になりつつあるのだ」

「……そう、なのですか？」

「うむ。今までも、作物がよく育つ肥料や度重なる飢饉にも負けない作物などを作り出してきてはいたが、やはり……開国したのが一番大きい」

そう言って、月影は最近日本に持ち込まれてきた異国の文化について話し始めた。

世界中の海を渡れる巨大な鉄船、城壁《じょうへき》を簡単に粉砕《ふんさい》する大砲《たいほう》などを例に挙げながら、異国の文化がいかに進んでいるか、そして、これからどれだけ進化していくかを語っていく。

確かに、聞けば聞くほどすごい話だったが、幸之助が何より驚いたのは月影の博識ぶりだ。

（……相当、勉強されたんだな）

人間がなぜ、昔のように身を捧げてくれなくなったのか。その理由を知るために、ここまで……。と、そこまで考え、幸之助は改めて、月影はやっぱりすごいと思った。

見た目も違う、力も繁殖《はんしょく》能力もない……そして、すぐ老いて死んでしまう体に生まれ落ちたら、その運命を呪《のろ》い、どう逃れようか、そればかり考えてしまうものだ。

しかし、月影はその運命から逃れる唯一の方法である神嫁の儀のあり方に疑問を持ち、贄を神嫁と偽らなければならなくなった本質を見極めるとともに、

「中央のほうでは、すでに神離れが始まっておるそうだ。この余波は、加賀美の里にも必ず

やってくる」

「……必ず、ですか？」

「うむ。加賀美の里は山深く、近隣に村もないが、外界と繋《つな》がりを断っているわけではないし、頻繁《ひんぱん》に行商に出る者もおるゆえな。いずれは、中央と同じことになる」

悲しい現実にも目を背《そむ》けず、

「当然、贄も拒否する。なら襲って喰うしかないが、さようなことをすれば、俺は里人に仇《あだ》なす化け物になってしまう。さようなことは、一族の名誉《めいよ》のためにも決してあってはならん。ゆえに……たとえ、ぬしに惚れていなくても、俺はぬしを喰うわけにいかぬのだ」

自分の身がどうなろうと、自分が正しいと思う道を選択できる。

本当に、どこまでも……清く、正しく、強い男だ。けれど、それと同時に――。

「はは……何じゃ、その顔は」

どこまでも……痛々しく、悲しい男だ。

「ぬしも、叔父御と同じ顔をするのだな」

「……黒星《くろぼし》、様と？」

「叔父御も俺と同じ見解なのだ。ゆえに、いつも俺の味方でいてくれるが、俺をひどく憐れんでおってな。何かにつけて『すまぬ、すまぬ』と……屋敷の奴らもそうじゃ。普通に接してくれるのは、変わり者の空蟬ぐらいよ」

月影が苦笑する。その様を見て、幸之助は月影がこのことを黙っていた本当の理由が、分かった気がした。

月影は、黒星たちのように、幸之助に同情されたくなかったのだ。

空蝉のように、普通に接してほしかったから、今まで言わなかった。

気持ちは分かる。けれど……幸之助は、月影の境遇を悲しまずにはいられなかった。

月影の選択がいくら正しいとしても、こんなこと……月影に対してあまりに惨過《むご》ぎるし、何よりやり切れない。

狗神たちは昔と変わらず、こんなにも里のために頑張っているというのに。

でも、里人たちの信仰心が消えていくのを止めることはできない。

分かるのだ。かつての自分も、強力な武器を手にするたび、これであの白い狗を殺せるのでは？　と何度も思ったから。

自分自身が力をつけ、必要としなくなれば、感謝の気持ちも薄れ、いらなくなる。当たり前のことだけど、悲しくてしかたない。

治まっていた涙が滲んでくる。そんな幸之助の顔を覗《のぞ》き込みながら、月影が静かに微笑《わら》う。

「ヨメ、そのような顔をいたすな。悲しいことなどないのだぞ？　むしろ、これは喜ばしいことだと俺は思う。ぬしのおかげで」

思わず顔を上げる。すると、月影がそっと幸之助の涙を拭《ぬぐ》ってきた。

「十年前、ぬしは花嫁修業を頑張りながら言うておったな。『神様を支えられる立派な嫁になりたい』と。その姿を思い返すたび、俺は救われたのだ」

人間は神に頼り切った弱い心から、神さえも支えてやろうという強い心に変わろうとしている。だったら……。

「俺も、白狗の運命を受け入れる強い心を持つべきだとな」

「月影、様……」

「罰当《ばちあ》たりじゃと気分を害される神もおろうが、俺はそういう強い心を持ったぬしが……神のお役に立ててくれと、己が知恵を惜しみなくぬしに授けた里人が大好きじゃ。ゆえに、俺の命が続く限り里を護る。安心せ……っ」

話の途中にも関わらず、幸之助は月影に抱きついた。

そうせずにはいられなかった。自分を、里人を……そんなふうに思ってくれる月影が、愛おしくてしかたない。

「月影様……隠し事は、これで全部ですか？」

「むう？　……ああ、全部じゃ。……すまぬな。このような話をせねばならぬほど、ぬしに負担をかけて」

「だったら、二つ約束してくれませんか」

的外れ極まりない謝罪を、幸之助は強引に遮った。

「もう、こういう隠し事はしないでください。じゃないと、月影様を支えられない」

「！　ヨメ、それは……っ」

「わ、私の強い心が好きとおっしゃるなら、信じてください。どんなことがあろうと、月影様と一緒なら私は挫《くじ》けたりいたしません！　だからっ……だから」

月影を抱き締める手に力を込め、額を月影の肩口《かたぐち》に擦りつける。

「『離縁する』なんて、絶対言わないでください。もう二度と、聞きたくな……んんっ」

今度は幸之助が、熱い接吻《せっぷん》で言葉を取り上げられる。

「……そばに、おってくれるのか？　神嫁、関係なく……俺のそばに、ずっと」

幸之助の体を強く掻き抱き、幸之助の口内を貪《むさぼ》りながら、熱っぽく尋ねてくる。

「んんぅ……は、はい。私は、私として……ずっと、月影様のおそばに……ふ、ぁっ」

舌を強く吸われて、意識が甘く霞《かす》みながらも頷き、しがみつくと、床に押し倒された。

「ゃ……は、ぁ。月影、さ……こ、ここで？　ァあっ」

尋ねたが、月影は答えない。濃厚な接吻を続けながら、性急に幸之助の着物を掻き分けてくる。そんな、常ならぬ月影の様子に、幸之助は一瞬戸惑った。

だが、余裕のない月影の顔を見ていると、無性に心を掻きむしられて、すぐに自分からも月影に手を伸ばした。

こんなにも、月影が自分を求めてくれている。そう思ったら、たまらなくなったのだ。

最近ずっと、月影に距離を置かれ、よそよそしくされて寂しかったから……というのもあったが、それ以上に心を占めたのは――。

(月影様の寿命は、悲しいほど……短い)

本当は長くできるのに、時代の流れでそれを放棄《ほうき》せざるをえなかった。

だったら、せめて……その少ない生に、できるだけたくさんの喜びを詰め込みたい。

色んなものを我慢し、諦めざるをえなかったのなら、自分だけは思い切り甘やかして、自分のできる限りのモノを与えたい。

舌や掌だけでなく、尻尾さえも絡めて求めてくる月影の感触を全身で感じながら、幸之助は切実に思った。だから、

「月影、様……ぁ、今日は、最後まで……したい、です」

いつもの気持ち良過ぎる愛撫に朦朧《もうろう》としながらも、幸之助は月影の耳に唇を寄せ、強請った。途端、月影の体がびくりと強張る。

「あ……よいのか……む。駄目じゃ！　久しぶりゆえ、ココが……っ！」

「……挿《い》入れたい、のでしょう？」

月影の硬く張りつめた自身に触れ、そう囁いて、幸之助は胸の内で悲鳴を上げた。

(ああ！　わ、私は……なんて、はしたないことを！)

恥ずかし過ぎて、憤死《ふんし》してしまいそうだ。

けれど、この男は我慢することに慣れ過ぎてしまっていて、甘えることにひどく不得手だから、いつまでも我慢してしまう。

だったら、こうして……無理矢理にでも願望を叶《かな》えさせなければ！

そんな決意の元、羞恥《しゅうち》も何もかもをかなぐり捨てて、幸之助は月影がいつもしてくれるように、月影の自身を弄《いじ》り、月影の大きな耳を甘く噛んだ。

「ぁ……ヨ、ヨメ……よさぬか。そんな……ん、ぅっ」

「月影様、……ください。月影様を、幸之助にください」

こういう時に効果的な煽《あお》り文句なんて全然知らないから、こんな言葉しか出てこないけれど……とにかく一生懸命、顔を真っ赤にしながら、幸之助は月影を煽った。

「……くそ。……ああ、くそっ！」

突然、苦しげに吐き捨てたかと思うと、月影がいきなり幸之助の足を掴み、大きく股《また》を開かせてきた。

「力を抜けっ」

早口にそうまくしたてられた瞬間、下肢《かし》に今まで感じたことのない衝撃が走った。

「ぁあ！　く、あああっ」

体を引き裂かれるような激痛と、せり上がってくる圧迫感に目の前が真っ赤に染まる。

体内にとんでもなく熱くて、硬いものが押し入ってくる感覚に、身が竦む。

「ぁ……か、は……ぃ、……あ、ああっ」

怖い。痛い。なんだ、何なのだ、これはっ？

あまりにも未知の感覚と痛みに、幸之助は混乱した。

「あくそっ！　な、んだ……なんだ、これ……ん、くっ」

月影も同じようだった。しかし、月影の場合は痛みで混乱しているというより、

「ぬしの、中は……どうなって、おるのだっ。こんな……こんなに、ぁ、んん」

「ァ……つ、きかげさ……ゃっ……ぃ、ぁあっ」

「あ、ぁっ！　……すま、ぬ。すまぬ、ヨメ。痛いか？　でも……駄目だ。……止まらん！

う……ぬしの、中……気持ち、良過ぎて……ああっ」

力任せに押し入られ、腰を乱暴に動かされる。そのたびに、激痛が全身を駆《か》け巡《めぐ》り、内臓を押し上げられるような感覚に吐き気がした。

快感なんて、欠片《かけら》もない。それでも、幸之助は決して「やめてくれ」とは言わなかった。

揺れる視界の先に、とても気持ちよさそうに喘《あえ》ぐ月影の顔が見えたからだ。

月影がいいのなら、自分もいい。そう思って、そばに転がっていた着物を噛みしめ、必死に耐える。痛がる悲鳴を聞いたら、月影が傷つくと思ったのだ。

「ヨメ、ヨメ……ぁっ、も……駄目だ。……出る。で……ぁあっ、くぅっ」

「！　ん……ぁあ、ああっ」

さらに激しく突き上げられたかと思うと、突然、内で何かが弾ける衝撃を覚えた。

そして、それ以降、動きが止まった。

（お……終わった、のかな？　……っ！）

ぼんやり考えていると、いきなり体の上に何かが覆《おお》い被《かぶ》さってきた。月影だ。

「月影、さま……っ！」

何の気なしに顔を覗き込んで、幸之助は目を丸くした。月影が耳の中まで顔を真っ赤にして、ぷるぷる震えていたからだ。

「ヨ、ヨメ……俺を、見るな！　ぬしに、合わせる顔がない」

気持ち良過ぎて、嫁そっちのけで我を忘れるなど……夫失格じゃ！

耳をこれ以上ないほど下げながら顔を隠して、消え入りそうな声で呟く。

そんな月影に幸之助はきょとんとしたが、すぐ噴き出すようにして笑い出した。

「？　な、何がおかしい」

「嬉しいのです。自制心の強い月影様に、我を忘れさせただなんて……初陣《ういじん》で、敵大将の首を討《う》ち取った気分です」

「……まんまと討ち取られた」

心底悔しそうに呟く。そんな月影が可愛くて、幸之助はつい調子に乗って「敵将、討ち取ったり」と、月影の耳の先を指先で弾いてやった。

「むむむ！　くそ、くそっ！　ぬしはまこと憎らしくて……可愛いヨメじゃ！　ハハハ」

悪態を吐《つ》きながらもぎゅうぎゅうと抱き締め、顔中に接吻してくる。そんな月影に、幸之助も笑ってしがみつく。だが、甘い気持ちとともに、激しい焦燥《しょうそう》を覚える。

（月影様の寿命は……あと、どれくらいなのだろう）

数十年と言っていったから、十年ということはないのだろう。だが、もし二、三十年ほどだったら、自分は……と思っていると、

「ヨメ……ぬしの気持ちは嬉しいが、そのように焦《あせ》るな。俺はすぐ死んだりせぬ」

幸之助の心を見透《みす》かすように、月影が囁いてきた。そんなものだから、

「あ、あの……月影様はあと、どのくらい生きられるのでしょうか」

恐る恐る尋ねる。すると、月影はあやすように幸之助の頭を撫でてきた。

「ぬしと同じじゃ」

「……え」

「狗神に比べれば、老いの早さは十数倍で寿命も一瞬じゃが……人間と比べれば同じ。ぬしと同じ早さで年を取って、ぬしの寿命が尽きる頃に、俺の寿命も尽きる」

その言葉に、幸之助は限界まで目を見張る。

「ほん、と……に？」

掠れた声で尋ねると、月影が深く頷く。そんな月影を幸之助は呆然と見つめていたが、お

もむろに顔を月影の肩口に押しつける。月影に、顔を見られたくなかったのだ。

「……申し訳、ありません、月影様。私は……喜んでしまいました」

夫と同じ早さで年を取り、同じように寿命が尽きる。なんと、嬉しいことか。

いけないと思いながら、そう思ってしまった。すると、強く抱き締められる。

「だったら、俺をもっと骨抜きにしてくれ。ぬしに惚れれば惚れるほど、俺は幸せになれる」

「……しあ、わせ？」

「うむ！　皆と違う白い毛も、たんぽぽしか咲かせられない能力も、早過ぎる老いも寿命も全部全部、ぬしと同じで、ぬしが好きだと言うてくれるなら、よかったと思えるゆえな」

「月影様の、幸せ……ぁあっ」

「それと、さっきのように俺だけよいのは嫌じゃ。同じ寿命なのだから、ぬしも一緒に……ようなってくれ」

そう言って、月影は再び幸之助に愛撫を贈ってきた。体が溶けてしまいそうなほど、甘く心地よい愛撫を。その快感の波に簡単にさらわれながら、幸之助は月影にしがみついた。


月影と激しく求め合い、月影の腕の中で幸福な眠りに就《つ》いた幸之助は、翌朝。耳に届いたかすかな物音で目を覚ました。

柔らかな朝日の中、自分を覗き込む真っ黒な影が見える。これは……と、思った時。

「わっ！　空蟬っ。ぬ、ぬしがなぜこのようなところに……っ？」

裸《はだか》でいるわけでもないのに、幸之助を慌てて布団でくるんで隠しながら、素っ頓狂《すっとんきょう》な声を上げる月影を、空蟬が無言で凝視する。だが不意に、片方の翼を大きく広げたかと思うと、

「坊ちゃま、おめでとうございます」

紙吹雪を飛ばしながら、空蟬はカアカア鳴いた。

「ついに、童貞《どうてい》を脱することができたようで！　いやぁ、長うございました。奥方様が何度もいいと言っているのに、『まだ早い』だの何だのごね続けて……本当にね、その股間《こかん》にぶら下がっているモノは飾りかと、何度思ったことか」

「ハハ、そうなのです。だから、私が討ち取ってやりました」

もう会えないと思っていた空蟬に会えたことが嬉しくて、つい同調してそう答える。

「ヨ、ヨメ！　ぬしまで何ということを申すのじゃっ」

月影が、幸之助の口を押さえる。その目は驚いていたが、どこか嬉しそうだ。幸之助がこういう軽口を叩いたことが嬉しいらしい。

そんな月影を見ると、改めて自分は自分でいていいのだと言われた気がして、心がひどく温かくなった。それが嬉しくて、月影と空蟬に笑いかけた時だ。

「……なんじゃ、これは」

突如聞こえてきた、氷のように凍《い》てついた声。

はっと顔を上げ、幸之助は全身の血の気が引いた。

開いた襖《ふすま》の先に、こちらを睨みつける白夜の姿が見えたからだ。

「この……浅ましき下郎がっ。月影を犠牲《ぎせい》にしてまで生きたいかっ」

「父上っ！」

幸之助に詰め寄る白夜の前に、月影が立ちはだかる。

「おやめくださいっ。ヨメに乱暴な真似は……」

「月影っ、そちはこの人間に騙されておるのだ。この者はそちの寿命のことを知っていて」

「承知しております！　それゆえ、ヨメは昨夜、己が命を俺に捧げようとしてくれました。

それを……俺が止めました」

「……何、だと」

「里人から贄を出させるのはもう無理です！　父上も分かっておられましょう。里人は我らから離れていきます。贄を出すぐらいなら、我らの助けはいらぬと言うぐらい……っ」

月影の言葉が途中で掻き消える。白夜が、月影を蹴《け》り飛ばしたからだ。

月影の体は軽々と吹き飛び、居間の壁に叩きつけられて、土間に崩れ落ちた。

そんな月影の元に、白夜は無表情で歩み寄ると、足を振り上げた。

「まこと……そちは、どうしようもない愚《おろ》か者じゃっ」

「……がはっ！」

「世迷《よま》い言《ごと》ばかりほざきおって。そちはただ、この者を喰いたくないだけであろう？　色恋などというくだらぬモノに惚《ほう》けて、己の大事な使命を忘れおって。この……っ」

「おやめくださいっ！」

容赦なく月影に足を振り落とす白夜に、幸之助は飛びついた。月影を助けたい一心で。

だが、人間の幸之助が狗神の長である白夜に勝てるわけがない。

幸之助の小さな体は、先ほどの月影と同じように吹き飛んだ。

「いっ……かはっ」

全身をバラバラにされるような痛みに呻いていると、こちらに歩いてくる足音が耳に届く。

顔を上げると、虚ろな瞳でこちらを見下ろす白夜と目が合った。

「やはり、そちが生きておる限り、月影は目を覚まさぬようじゃ」

「ぁ……ぃ……義父上、様……」

「そちには死んでもらう」

さらりと言い放たれた言葉に、全身総毛立った。

「そちを屠《ほふ》り、身を引き裂いて、月影に喰わせる。さすれば、月影もいい加減……」

「無粋《ぶすい》でございますなぁ」

幸之助ににじり寄る白夜に、朗らかな声がかかる。空蟬だ。

「己の思いどおりに行かぬと力尽く……まことに無粋」

幸之助に向かっていた白夜の足が止まる。

「黙れ。白狗の死肉喰いたさに、月影にたかっておるそちに言われとうない」

「え……」

白夜の言葉に、幸之助は思わず空蟬を見た。空蟬がくちばしを開いて嗤う。

「それはちと違います。確かに最初は、白狗の死肉目当てでございましたが、今は……この世で一番愛おしい坊ちゃまを、もっともっと好きになりたくて、おそばにいるのです。私、白狗の死肉よりも、愛おしい方の死肉のほうが、ずっとずっと……好物なもので」

飄々《ひょうひょう》とそう言って嗤う空蟬に、白夜が形のよい眉を寄せる。

「汚《けが》らわしい。……そうじゃ。いっそそちも死ぬか？　月影はこれより千年以上生きるのじゃ。老いぼれのそちは、月影が死ぬまで生きておれぬのだから……」

「父、上……っ」

月影の掠れた声が聞こえてくる。その声はひどく苦しげだ。怪我がひどいのかと、月影に目を向け、幸之助は息を止めた。月影が、自分の首筋に刀の刃を押し当てている。

「……ヨメを殺したら、俺も死にます」

「月影っ、そちは……」

「ヨメを喰うた挙げ句、里人を襲う化け物になるくらいなら、死んだ方がマシじゃっ！」

白夜を睨《にら》みつけ、吐き捨てる。その眼光はどこまでも強硬で、ひたむきで、一歩も引かぬという断固たる意思が、痛々しいほどに感じられた。

そんな月影を、白夜は黙って見つめていた。だが、しばらくして、

「……他の者にも、吐けるか?」

静かに口を開いた。

「そちを命がけで生み落として死んでいった母に、里を護るために死んだ狗神たち……そして、いつまでも里を護ってほしいと……我らに身を捧げてくれた贄たちに、そのような暴言が吐けるのかと聞いておる」

そう言ったかと思うと、白夜は「見ろっ」と声を荒げ、幸之助を指差した。

「アレに何ができる? 我らよりずっと脆く、非力で臆病な……弱い弱いアレが、我らの助けなくして、生きていけるわけがない。……間違っておらん。わしも、『あやつ』も……断じて……断じてっ」

あまりに悲痛なその叫びに、幸之助ははっとする。

(……義父上様……あなたは……)

呆然と白夜を見上げる。後ろ姿だから、顔は見えなかったが――。

「間違っていたとは……申しておりません」

月影が静かに話しかける。その声も、ひどく悲しげだ。

「ただ……時代が、変わったのです」

白夜の肩が一瞬、びくりと震えた気がした……その時。

「兄上、ここにおられましたか」

凪《な》いだ海のように穏やかな声が部屋に響く。とっさにそちらに目を向けると、茶色の狩衣《かりぎぬ》の男が戸口に立っていた。黒星だ。

「山神様より火急の知らせが参りました。至急、屋敷にお戻りください」

「……黒星、それは……」

「まことです。ですからどうぞ、お戻りください」

にこやかに、だが毅然《きぜん》と黒星は言った。白夜は無言で黒星を睨みつけていたが、結局何も言わず、庵を出ていった。その後ろ姿を見て、黒星は大きく息を吐いた。

「嫌な予感がしてついてきてみれば、全く……我が兄ながら、困ったものだ」

独りごちると、黒星は幸之助に向き直った。

「月影の手当てをします。手伝っていただけますか？」


「神嫁殿、申し訳ありません」

手当てを終えた月影を布団に寝かせた後、庵裏の泉で黒星が幸之助に詫びてきた。

「私があなたを屋敷に呼んだせいで、大変な目に遭《あ》わせてしまいました。しかし……どうか、白夜を悪く思わないでください。彼も、辛い立場にあるのです」

「承知しています。我が子が自分より先に……なんて、平気な親がいるわけがない」

「ええ、でも……それだけじゃない」

「……と、言うと」

「……白夜の時からなのです。贄に、神嫁と偽るようになったのは」

黒星は肩を竦め、暗い視線を水面に投げた。

「一人目の贄に身を捧げてもらった五十年後、二人目の贄に白夜は罵《ののし》られました。『人喰いの化け物』と。三人目も同じ。だがそれでも……里人たちは、白夜に喰ってくれと懇願《こんがん》した」

――我ら人間は、狗神様が護ってくださらねば生きていけぬ、弱き生き物。どうぞ、喰ろうてください。喰うて……里を護ってくださいまし！

「……そして、後の世の贄や里人には、嫁入りと偽ると言い出した」

「！　神嫁の儀は……ご先祖様たちが言い出したことなのですかっ？」

「ええ。そうすれば、贄は逃げ出したり、怖がったりしないし、花嫁衣装を着せれば、綿帽《わたぼう》子《し》で顔が隠れて喰いやすいからと……調子のいいことを、抜け抜けと」

「……え」

急落した黒星の言葉に、思わず声を漏らすと、黒星は両の目を細めた。

「狗神のため、贄のため……いくら綺麗事を並べ立てても、とどのつまり、彼らは嫌がる若者を犠牲にする罪悪感に苛《さいな》まれるのが、嫌になったのです。……だから、何もかもを嘘で塗り固めて、自分たちにとって都合の悪いことは綺麗さっぱり忘れた」

選ばれた若者が狗神に喰われる事実も、狗神がどれだけ苦労して里を護っているかも、本来護るべき相手を喰わねばならぬ白狗の悲哀も、何もかも――。

「本来なら、こんな申し出、突っぱねている。しかし、白夜は……『たとえ嘘でも、神に嫁ぐと思って十八年間生きるほうが幸せだ』という言葉に、抗《あらが》うことができなかった。嫌がる贄を喰い殺した罪悪感に、押し潰《つぶ》されていましたからね」

もう喰わぬという選択肢など、白夜には許されなかった。

途中でやめてしまったら、今まで喰ってきた贄の犠牲が全て無駄になるのだから。

「吐きながら贄を喰う白夜の姿が……今でも忘れられません」

――誰が、命を賭して護っておる者を喰いたいと思うか。喰いとうなど、なかったのだ。

いつか聞いた、白夜の独白が脳裏を過る。

「そこまでの思いをして喰うたのです。これが里のためになると、必死に言い聞かせて。それなのに、今度は……お前らはもういらぬ。可愛い我が子が、自分より先に老いて死んでいく様を見届けろだなんて言う。……そんなこと」

簡単に受け入れられると思いますか？　静かに問われる。だが、幸之助は何も言えない。胸をえぐられる錯覚《さっかく》を覚えた。

神嫁の儀は、白狗が短命から逃れたいがために考えられたものだと思っていた。だが、実際は……祖先たちが自分たち可愛さに考え出した、身勝手だった。

しかも、罪悪感に押し潰される白夜の心を利用して、その考えを押し切るなんて……！

そして、子孫たちは……祖先がしたことも、狗神の苦しみも何も知らず、狗神から離れていく。狗神を、人喰いの化け物と罵って！

（私たちは、なんて……罪深いことを……っ）

憤《いきどお》りを覚えずにはいられなかった。そんな幸之助に、黒星は淡々と話し続ける。

「……とはいえ、我らは受け入れなければならない。里人を襲う化け物を、我が一族から出すわけにはいきませんからね。しかし」

ここでいったん、黒星は言葉を切った。そして、無気質な声音《こわね》でこう言った。

「私はずっと……月影が、十八になる前に死んでくれたらと、思っていました」

「……っ！」

「だってそうでしょう？　白夜は『十八になったら、贄を喰って元気になれるからそれまで頑張れ』と励《はげ》まし、月影はその言葉に縋《すが》って生きていて……そんな二人に、贄を取るのはもうやめようだなんて、どうしたら言えるというんです」

その声はどこまでも悲痛で……黒星がこれまでどれだけ苦しんだか、容易に想像できた。

当然だ。兄と甥《おい》っ子《こ》の心を踏みにじりたくない。絶望して傷つく二人を見たくない。だからこそ、可愛い甥っ子の死を願うだなんて……苦しくないはずがない。

そんな黒星に、月影はある日静かに笑いながら、こう言ってきたのだという。

――叔父御。先のことを考えると、俺は贄を喰うてはいけないと思うのだ。それゆえ、俺は贄を喰わないことにする。

月影はさらに、白夜や周囲への説得は自分一人でやるから、黒星は何も言わないでくれ、などと言ってきた。

――俺以外がこのようなことを言うたら、角が立つゆえな。俺のことで、皆に喧嘩《けんか》してほしゅうないのだ。……はは、叔父御。そのような顔をするな。俺は嬉しいのだぞ？　何の役にも立てぬと思うておったに、俺にしかできぬ役目ができたのだからな。ゆえに、見ておれ。

俺は立派に己の役目を果たすからな。胸を張ってそう言うと、月影はからからと笑った。

けれど、その後の月影は痛々しいというほかなかった。特に、良好だった白夜との仲が徹《てっ》底的《ていてき》にこじれ、傷つけ合う様など、見ていられなかった。しかし……。

「我らがこんなことになっていても、里人どもは知りもしない。そう思ったら……っ」

そこまでまくしたてるように言って、黒星ははっとしように口を閉じた。

「すみません。あなたにこんなことを言っても……詮無いことなのに」

「……黒星、様」

「分かっているのです。昔の彼らと今の彼らは別人で、頼る必要がなくなれば離れていく。全部、分かっている。それでも……何百年も時を生きる我らは辛く、やるせないのです」

「あ、あの……黒星様は、里人のことをどう……」

「何も、考えぬようにしています」

底が見えないほど暗い瞳で、黒星は無感情に言い切った。

「我らが里人を護るのは、山神様に命令されたから。それ以上でもそれ以下でもない。……そう思わないと、やっていられない」

吐き捨てられたその言葉に、幸之助はびくりと肩を震わせた。

「……ああ、そのような顔をなさらないで。あなたには、感謝しているのですよ？　生まれた時から辛いことばかりで……いいことなんてほとんどなかった、不幸で憐れなあの子を少しでも幸せな気持ちにしてやれる。だったら、男だろうが、人間だろうが構いはしない」

どうか……どうか、月影をよろしくお願いします。そう言って、黒星は深々と頭を下げた。

本当は憎くて、腸《はらわた》が煮《に》えくり返る存在……人間に、可愛い甥っ子のために。

黒星の、月影への深い愛情がひしひしと感じられ、幸之助は胸が詰まった。けれど——。

黒星と別れた後、幸之助はとぼとぼと庵に戻った。

何も言えなかった。白夜にも黒星にも、自分は何一つ……かけるべき言葉を持ち合わせていなかった。そんな自分が、歯がゆくてしかたない。

（このままでいいのか？　このままで……っ）

水の入った湯呑《ゆの》みを月影の元に持っていきながら、そう思っていると、突然足に違和感を覚えた。見ると、空蟬が幸之助の袴の裾《すそ》を噛み、引っ張っている。

「今は、一人にしてあげてくださいませ」

そう言われ、こっそりと閨を覗いてみる。目を見張った。月影が、泣いている。

「……父上、お許しください」

父上の心をえぐり、父上より先に老いて死のうとしている。親不孝を許してください。静かに涙を流しながら独りごちる。そんな月影の姿に、胸を掻きむしられる。

きっと、月影がこの世の誰よりも、白夜の気持ちを理解している。自分の選んだ道が、どれだけ白夜を傷つけるかも分かっている。

心優しい彼は、白夜と同じくらい傷ついている。

そこまで考えて、幸之助は思い知った。

月影にだけ愛を注ぎ、尽くすだけでは駄目だ。白夜や黒星……里人たちに深く傷つけられた、彼らの心が救われない限り、月影は幸せになることができない。

今の自分では……真に月影に寄り添い、あの涙を拭ってやることさえできなくて……。何ができる？　二度と、愛しい夫をあんなふうに泣かせないために、己に何ができる？

張り裂けそうな胸の痛みを抱えたまま、幸之助は必死に考えた。


それからも、月影と白夜が和解することはなかった。月影がいくら話がしたいと屋敷を訪れても、白夜がその一切を拒否したからだ。

月影は、白夜は石頭だから、最低五年はかかると思っておいてくれと笑っていたが……。

（私にも……何かできることはないのか）

このまま月影に何もかも任せ切りでは、白夜の中の「人間は狗神の助けがないと生きていけない弱者」という考えは、きっと変わらない。だから、人間の自分が……！

けれど、何をどうしていいのか分からない。自分が白夜に会いに行っても、ただいたずらに事をこじれさせるだけのような気がするし……と、思っていた矢先。白夜のほうから、意外な知らせが来た。

月影と幸之助に、近く行われる里の秋祭りを見物しにこいというのだ。

「里人の、我らへの信仰心が盤石《ばんじゃく》であることを見せたいのであろう。秋祭りは、収穫《しゅうかく》の恩恵を我らに感謝する祭りだからな。だが、まぁ……行ってみぬか？　里人に直接会うことは禁じられておるが、遠くから見るだけでも」

月影からそう言われ、幸之助は二つ返事で了承した。せっかくの白夜に会える機会だから、ふいにしたくないという気持ちもあったが、一番の理由は……見てみたかった。

自分を神嫁として神に捧げた里人たちが、どう暮らしているかを。

そして、ある晴れた秋の日。幸之助は空蟬とともに月影に抱えられ、里の秋祭りを見物するために里へと向かった。

あと少しで里に着くというところで、祭囃子《まつりばやし》が聞こえてきた。賑《にぎ》やかで陽気な音色だ。

幸之助は頰を綻《ほころ》ばせる。大好きな祭りにはしゃぎ回る、童や弟の姿を思い出したからだ。

「むう。何とも賑やかじゃのう。いつもこうなのか？」

月影が興味津々《きょうみしんしん》といった風情《ふぜい》で聞いてきた。神嫁との接触を固く禁じられていた月影は、一度も祭りを見たことがないのだと言う。

「はい。加賀美の里はいつも豪華《ごうか》に祭りを執り行うんです。神に捧ぐ神楽《かぐら》みたいな催《もよお》し物もたくさん開かれて……面白いですよ」

「そうかあ！　楽しみだのう」

目を輝かせ、尻尾を振る月影に、幸之助に抱えられた空蟬が呆れた声を漏らす。

「坊ちゃま、白夜様にお会いするのが第一の目的ではなかったのですか？」

「！　わ、分かっておる。ちゃんと、父上とも話す。されど、少しぐらい……」

「ところで奥方様。今日はどのような料理が振る舞われるのでしょう？　私、とても楽しみ」

「おい！　何を言うておる。ぬしは今日の目的を忘れたか！」

「それは坊ちゃまの目的。私にはあずかり知らぬことでございます」

さらりとそんなことを言う空蟬と青筋を立てて怒る月影に笑いながら、幸之助も久しぶりの里帰りに、密かに心を弾ませた。

皆、息災にしていればいいが……と思った時だ。突如、鋭い銃声《じゅうせい》があたりに響いた。

「！　なんで……銃声が、里のほうから……わっ」

「急ぐぞ。しっかり捕まっておれ」

あたりに気を配りながら幸之助を抱き込み、月影が全速力で駆け出した。

里に近づくにつれ、音が大きくなっていく。先ほどの明るい祭囃子とはかけ離れた悲鳴が。

「月影、来ましたか」

声がかかる。少し先の茂《しげ》みに、他の狗神たちと一緒にいる黒星の姿が見える。

「叔父御、里で何かあったのかっ？」

黒星に駆け寄り、抱えていた幸之助を下ろしながら、月影が黒星に尋ねた時だ。

「出てこいよっ、化け物っ！」

男の怒鳴り声が聞こえてきた。この声は……！

「や、やめろっ、嘉平《かへい》！　山神様に何たることを……がはっ！」

「煩ぇんだよ。古臭《ふるくせ》ぇしきたりに頭のいかれた、糞爺」

幸之助は慌てて茂みから声のするほうを見た。

里人たちと、神に捧げる神楽を披露《ひろう》する神社が見える。その前で、里長をはじめとする演者たちを、嘉平と数人の男たちが蹴りつけている。

あの男たちは、祝言の日、嘉平が連れていたごろつきたちだ。

「こんなくだらねぇことに大金叩きやがって。今年も無事収穫できたのは、山神のおかげ？　馬鹿なこと言ってんじゃねぇよ。米が育ったのは、俺たちが丹精込めて育てたからだ。あいつは何一つ手伝っちゃ……」

「ち、違うよ！」

嘉平の声を震える声が遮る。幸之助がよく遊んでやっていた童たちだ。

「山神さまのおかげだよ！　山神さまが芽吹きの術を使って、お空を操ってくれたから、こんなにいっぱい米が育ったんだっ」

「そうよ、父ちゃんたちが言ってた。神嫁さまが立派にお仕《つか》えしてるから、山神さまはいつもよりいっぱいいっぱいお米を採らせてくれたんだって」

「山神さまと神嫁さまのおかげだよ！」

幸之助があげたお手玉を握りしめ、一生懸命声を張り上げる。そんな童たちに幸之助は胸が熱くなったが、嘉平は彼らを嘲笑《あざわら》った。

「神嫁？　ハハハ、何を言うておる。あいつはとっくに山神に喰われちまったよ」

冷酷に言い放つ。瞬間、あたりが騒然となった。

神嫁が喰われた？　どういうことだとどよめく里人たちに、嘉平は幸之助に見せた巻物を取り出し、彼らに叩きつけた。

「見ろ、そこに書いておる。神嫁とは餌が逃げ出さないための方便だとな。……お前らが拝んでるのは神でも何でもない。ずる賢《がしこ》い化け物だ」

里人全員の顔が青ざめる。童たちも「神嫁さま、食べられちゃったの？」と今にも泣きそうな顔で、大人たちに尋ねて回る。

そんな里人たちに、里長が必死に叫ぶ。嘉平の言ったことはでたらめだ。神嫁様は死んでなんかいないと。すると、嘉平が里長を容赦なく蹴りつける。

里人たちは嘉平を止めようとしたが、

「よし。じゃあ試してみよう。山神様がお前らの言うとおり、慈悲《じひ》深い優しい神様だというなら、俺に天罰《てんばつ》を与えて、里長を救うはずだ。そうだろ？」

その言葉に皆、動きが止まってしまった。それに嘉平は口角を吊《つ》り上げて、叫ぶ。

「さあどうする、化け物。お前の可愛い里人が痛めつけられているぞ。出てこないのか？」

そう言って、さらに里長を蹴りつける。すると、幸之助の横で何かが動いた。月影だ。

「坊ちゃま、いけません」

出ていこうとする月影を、空蟬が鋭い声で制する。

「あの人間、何やら強力な札《ふだ》を隠し持っているようです。坊ちゃまを誘《おび》き出した時に、使う気でいるかと……罠です」

「罠？　俺を捕まえて、一体どうする気……」

「……皮だ」

あの日聞いた、嘉平の言葉を思い返し、幸之助は独りごちる。

「あの者たちは、月影様の皮を狙っているのです」

「皮？　……そう言えば、白い毛皮は人間の世界では、かなりの高値で取引されると聞いたことがありますな」

空蟬がそう言うと、月影が露骨《ろこつ》に顔を顰《しか》めた。清廉《せいれん》な彼には、金のために老人を傷つけるという行為が許せないようだ。そんな月影の袖を、幸之助はぎゅっと摑んだ。

「月影様……私に、あの者たちを止めにいかせてください」

月影が驚いたように目を見張る。そんな月影に、幸之助は話を続ける。

「私が生きていることを示せば、あの者たちを止められるはず。だから……っ！」

「駄目だ！　ぬしを危険な目に遭わせられるか。絶対……絶対に許さんっ」

幸之助の両肩を摑み、今までにない強い口調で言われる。常ならぬ月影の剣幕《けんまく》に、幸之助は面食らった。その時、月影の背後を、何か黒いものが横切った。

つんざくような悲鳴が上がる。

とっさにそちらを向き、幸之助は全身に悪寒が走った。

山のように巨大な黒い狗が大きな口から鋭い牙《きば》を剝《む》き出し、嘉平たちを威嚇《いかく》していたからだ。

「お、おい。こいつ、あの時の白い狗じゃないぞ」

「だ……大丈夫だ。見ろよ。この大きさ、赤い目！　こいつだって絶対高値で……わっ！」

黒い狗……白夜が地面を蹴る。嘉平は慌てて懐《ふところ》から札のようなものを取り出し、投げつけた。だがそれは一瞬発光したかと思うと、硝子《ガラス》が割れるような音を立てて砕《くだ》け散った。

「そ、そんな……は、話がちが……ぎゃあああ！」

嘉平が悲鳴を上げた。狗が、嘉平の右腕に喰いついたからだ。

狗が激しく首を振り、嘉平の体を振り回す。血飛沫《ちしぶき》と、バキバキというおぞましい音をあたりにまき散らして、嘉平の体がどさりと地面に落ちる。

嘉平の右腕はなかった。しかし――。

『罰当タリノ下郎メ！　ソチノヨウナ、輩ノセイデ、月影ハ……月影ハ……ッ！』

白夜は止まらない。赤い目を爛々《らんらん》と輝かせ、地面で悶《もだ》えている嘉平に襲いかかろうとする。

「嘉平っ！」

悲鳴が上がる。里長だ。傷ついた我が子の元に駆け寄り、盾《たて》になろうとしている。

しかし、白夜には目に入らぬようで、今にも里長に飛びかかりそうだ。

「……空蝉。ヨメを頼む」

静かな、凛《りん》とした声が、幸之助の鼓膜を震わせる。それと同時に、白い何かが白夜の元に駆けていくのが見えた。それが、狗型に化けた月影だと認識した刹那《せつな》。里長に襲いかかろうとする白夜の前に立ちはだかった月影の体に、白夜の大きな前足が振り下ろされて——。

「……ああっ！」

幸之助が叫んだのと、赤く染まった月影の体が宙を舞ったのは、ほぼ同時だった。

月影の体が、地面に叩きつけられる。

幸之助は駆け寄ろうとした。だが突然、誰かに抱き竦められる。

「いけません、奥方様」

聞き覚えのある声が背後からかかる。けれど、幸之助の耳には届かない。

「月影様っ、月影様っ！」

月影の元に行こうと、幸之助は死に物狂いで暴れた。それでも、幸之助を抱く手はびくともしない。その間に、

『ア……ツ、月影？　ア……アア……』

白夜が月影に向かってよろよろと歩いていく。それにつれて白夜の体が人型に戻っていく。

「なにゆえ、じゃ……なにゆえ、そちが……そのような……っ」

月影に手を伸ばしかけ、白夜が瞠目する。真っ赤に染まった己の掌を見たからだ。

白夜は弾かれたように顔を上げ、あたりを見回す。

そこには、恐怖で立ち竦む里人たちの姿があった。

その目はまるで、世にも恐ろしい化け物を見るように、白夜を見ていて――。

「あ……あああ、これ、は……ち、ちが……ああ……ああああっ！」

頭を抱え、白夜がその場に崩れ落ちる。それと同時に、空が急に陰った。

けたたましい雷鳴が轟《とどろ》いたかと思うと、天を突いたように土砂降りの雨が降ってきた。

「い、いかんっ！」

ここでようやく、黒星が声を上げた。

「皆っ、長と月影を連れて山に戻るのじゃ！　早くせいっ」

黒星の号令の元、我に返った狗神たちが次々に狗型に化け、白夜たちに走り寄ると、二人を抱え上げ、山へと戻っていく。

幸之助も、抱き竦めてきた誰かに抱え上げられ、その場を離れた。


そこから何がどうなったのか、幸之助はよく覚えていない。

ただ気がつくと、見慣れない天井がぼんやりと視界に映った。

「お目覚めでございますか？　奥方様」

空蟬の声がしたので視線を動かすと、見覚えのない奇妙な老人が鎮座《ちんざ》していた。細身の細面《ほそおもて》。若い頃はさぞかし男前だったのだろうと容易に想像できる、しわくちゃながらも彫《ほ》りの深い整った顔立ち。しかし、前髪を後ろに撫でつけて引き結ばれた髪は黒々と輝き、まるで若者のようだ。

歌舞伎《かぶき》の黒子《くろご》のような衣装。そして、背中から生えた漆黒《しっこく》の大きな翼。

「ここは坊ちゃまのご実家でございます。それと……先ほどは手荒な真似をいたしまして、申し訳ありません。あれ以外、方法が思いつかず」

恭《うやうや》しく頭を下げると、老人は袖を翻《ひるがえ》した。すると、老人は一羽の鴉に姿を変えた。

「ふう。久々に人型になりましたが……肩が凝《こ》るものですな」

「……月影、様は」

寝かされていた布団から起き上がりながら尋ねると、空蟬は肩を竦めた。

「生きております。ご無事……とは、言い難《がた》いですが」

一命は取り留めたものの、月影の傷は深く、ここでは手の施しようがないらしい。

「今から白夜様とともに高天原《たかまがはら》にお連れいたします。あそこなら、治療《ちりょう》していただけるだろうと……今ならまだ間に合うはず。参りますか？」

幸之助が深く頷いてみせると、空蟬は月影が寝ている部屋に案内してくれた。

この時、幸之助の頭には月影のことしかなかった。

早く月影に会いたい。そばにいて看病したい。その気持ちでいっぱいだった。

だが、廊下《ろうか》ですれ違う狗神たちを見ているうち、別のことを考え始めた。

屋敷内は騒然としていた。皆、ひどく深刻な顔で「えらいことになった」「これから大変だ」と頻りに呟きながら、慌ただしく屋敷中を走り回っている。

「義父上様のご様子は、いかがなのですか」

「ひどいです。今の白夜様がここにいらしたら、里が二日で滅《ほろ》んでしまうほど」

里の天候は、白夜が操っているらしい。だが、この術は術者の精神状態に大きく左右されるため、錯乱《さくらん》している白夜をここに置いておくのは大変危険なのだという。

その証拠に、外はいまだに雷鳴が轟き、雨が滝のように降っている。

「白夜様を高天原に送った後、黒星様たちが総出で、白夜様が乱した天の気を正す祈禱《きとう》に入られます。しかし……難儀するでしょうな。他とは桁《けた》違いの妖力《ようりょく》を持つ白夜様が乱した気を正すだけでも骨が折れるのに、里人からの信仰心も当てにできない」

「！　里の人たち……祈ることをやめてしまったのですかっ？」

「いえ。この嵐《あらし》は山神様を怒らせた罰だと、必死に許しを乞《こ》う祈りを捧げておるようですが……猜疑心《さいぎしん》の混ざった祈りなど、大した力にはなりません」

幸之助は荒れた空を見上げた。

里人たちは白夜のこと……そして、この嵐のことをどう思っているだろう。

これでますます狗神のことを誤解してしまったら……！

そんなことを考えながら、案内された部屋に入る。

血の滲む包帯を体中に巻かれた、白い狗の痛々しい姿を見た瞬間、全身が震えた。

月影はこんな姿になるまで、里人を護ってくれた。それなのに、里人たちはそんな月影には目もくれない。見るのは、暴走した白夜の恐ろしい姿だけで……白夜の気持ちも考えない。

そう思ったら悔しくて、やり切れなくて、幸之助は唇を噛んだ。

「月影様。……お仕事、ご苦労様でした」

傷に障《さわ》らぬよう、月影の体に耳を押し当てて、月影の生きている鼓動を噛みしめる。

「疲れたでしょう？　どうぞ、ゆっくり休んでください。……大丈夫。全部上手《うま》くいきますよ。月影様が、こんなにも頑張ったんです。それに……私も頑張ってお手伝いしますから」

と、そこまで言って、幸之助はくしゃりと顔を歪める。

「起きていたら、きっと……ついてこいとおっしゃるでしょうね。でも……私も護りたいのです。月影様がこんな姿になってでも護ろうとした、狗神様と里の繋がりを」

不意に涙が零《こぼ》れそうになって、月影のふさふさの毛に顔を押しつける。

「許してください。後で、ちゃんと怒られます。だから……」

早く帰ってきて、私を叱ってください。掠れた声で囁いた。

高天原に通じているという魔法円を祀《まつ》った幕の中に、月影が消えていくのを見届けた後、幸之助は狗神たちを手伝い始めた。

幸之助には力も妖力もないが、乱れた天の気を正すための祈禱に、大半の狗神が動員されていたため、やることはたくさんあった。

飯を作ったり、大人たちの不安な心を敏感に感じ取り、泣きじゃくる陽日をあやしたり……一睡《いっすい》もせず、大きな狗神たちの間をちょろちょろと走り回った。

狗神たちが……月影が、こんなにも一生懸命に里を護ろうとしているのだ。この雨をやませることができれば、里人たちもきっと分かってくれると信じて。

そして翌朝。少し休んだらどうだという言葉に甘えて、台所の隅《すみ》で陽日を抱え、軽い仮眠を取っていると、あたりがにわかに騒がしくなった。

どうしたのかと、寝惚け眼《まなこ》を擦っていると、空蟬が飛んできた。

「奥方様、奥方様。雨がやみました」

「！　本当ですか？　では、天の気というのが元に戻ったのですね」

「一応、持ち直した状態です。まぁ、あと一日祈禱を続ければ、完全に元に戻る……」

——……ツマデ、モ……イツ……マデモ……ッ！

「……っ！」

突如耳に届いたその声。陽日を抱えたまま、幸之助は外に飛び出した。

空を見上げると、分厚い雲が割れ、柔らかな朝日が零れ出るのが見えた。

その中から、以津真天がおぞましい姿を見せる。しかも――。

「なん、だ……あの数……」

雲の切れ間からぞくぞくと、以津真天が不気味な鳴き声を上げながら湧いて出てくる。

十……、二十……、三十……五十はいる。

「どう、して……こんなに……」

またどこかの村で疫病《えきびょう》が流行《はや》り、以津真天が大量発生したのだろうが、こんなにたくさん一度にやってきたことはない。それなのに、なぜ今回に限って――！

「おそらく、気の乱れに吸い寄せられたのでしょう。怨念《おんねん》の塊である以津真天は、混沌《こんとん》を好みます。生きている人間どもに、より一層の恐怖と死を与えられますからな」

大変なことになりました、と空蝉は鼻を鳴らす。

「黒星様はじめ、大半の狗神は祈禱から手が離せないので、少数で立ち向かうしかありません。が、万が一、以津真天が里に侵入してしまったら」

以津真天は里人を襲い、疫病をまき散らす。それだけでも恐ろしいことだが……。

「昨日の今日ですからね、里人が以津真天の所業を山神様の仕業《しわざ》と勘違《かんちが》いしてもおかしくありません。里人は山神様を恨《うら》み、死者は怨霊《おんりょう》と化して、山神様に仇なすでしょう。そうなれば、山神様は狗神家を許さない。下手をすれば、一族郎党、八つ裂きにされるやも……」

「そんな……そんなのおかしい！　だって……確かに、こんな事態を招いてしまったけれど、義父上様は……狗神様はずっとずっと、千年以上も里を護ってきたじゃないですかっ。月影様だって、命を懸《か》けてあんな……！　それなのに、こんな……っ」

「続けることは大変でも、壊れる時は笑ってしまうほど呆気ない。そんなものです」

あっさりと返された言葉に愕然とする。

泣き始めた陽日を抱えて立ち尽くす幸之助を嘲笑うように、以津真天たちが嘶《いなな》く。

イツマデモ続ク繋ガリナンテナインダヨ。狗神ノ苦シミハ、イツマデモ消エナイ運命。

イツマデモ……イツマデモ……苦シメ……絶望シロ……皆、死ンデシマエッ。

以津真天たちの鳴き声がそんな嘲りとなって、頭に響いた。その瞬間、

「……るさい、煩い煩い。もう黙れっ！」

幸之助の中で、何かが切れた。

狗神たちの苦しみは消えない？　皆、死ね？　……冗談じゃない！

……変えてやる。そんな運命、この手でひっくり返してやるっ。

だが、自分に何ができる？　気の乱れを正す妖術もなければ、以津真天と戦うための弓を持つこともできない自分に……と、思った時だ。

――一番遠くて五百間《けん》先から、以津真天を射落《いお》としたことがあるぞ。

——五百間っ？　エゲレスの最新式ライフルと同じ有効射程じゃないか！

「……あ」

いつか月影と交わしたその会話で、幸之助の中に一つの考えが閃《ひらめ》いた。

「……空蟬さん。お願いがあるのですが、よろしいでしょうか？」


半刻後、狗神の屋敷で急遽《きゅうきょ》、以津真天討伐《とうばつ》の軍議が行われることになった。

皆、祈禱から手が離せない状態だったのだが、なぜか里人たちからの祈りの力が突如強さを増し、祈禱を後押ししてくれたため、軍議を開ける余裕が生まれたのだ。

白夜が里人たちの前で嘉平を襲ったために、弱まっていた信仰心がなぜ復活したのか。皆、不思議に思ったが、そんなことを考えている暇《ひま》はなく、以津真天討伐に誰を出すか、また、陣形はどうするかなど慌ただしく取り決めていた。

その時、軍議の場に男が一人颯爽《さっそう》と入ってきた。その姿を見て、皆「あっ」と声を上げる。

鎖帷子《くさりかたびら》、腕当て、革の手袋などで武装し、たすき掛けをした幸之助が、大きなライフル二丁を背負い、両手に小ぶりのライフル一丁を握りしめて立っていたからだ。

「神嫁殿……そのお姿は……っ」

「お願いします。どうか私を、我が夫の代わりに、討伐隊の端《はし》にお加えください」

平伏し、そう進言する幸之助に、その場にいた全員が目を見張った。

「な、何を申すっ。人間の力で、以津真天を討てるわけが……っ」

「確かに、私の力だけでは、以津真天に傷をつけることさえできません。しかしっ」

幸之助は、背負っていたライフルをかざして見せる。

「このエゲレス式ライフルの有効射程は、およそ五百間」

「五百間っ？　そんなに広いのかっ」

「この銃の弾《たま》は特殊な形をしていて、命中率が段違いにいいのです。威力も高く、鉄の板だって軽々と貫通する。……これを使えば、私も以津真天と戦えます」

きっぱりと言い切る。しかし、狗神たちは「だがなぁ」と顔を見合わせる。

「銃は音が大きいゆえ、標的にされやすい。その銃は一発しか撃《う》てぬのだろう？　弾込めをしている暇など……」

「それに関しては、ご心配無用でございます」

言いながら、黒づくめの老人が部屋に入ってきた。人型になった空蟬だ。

「弾込めは私がいたします。それに、以津真天に的にされぬよう……そして、皆様にご迷惑をかけぬよう、誘導もいたしますので」

「それはつまり、囮役《おとりやく》もなさるということか？　しかし……人間にそこまで頼るなど……」

「何をおっしゃいますっ」

童顔に一生懸命怖い顔を浮かべ、鋭い声を上げる。

「私は、神嫁です。月影様と……皆様のお役に立てるよう、里人たちに育てられ、この家に嫁いで参りました。だから、遠慮など無用。どうぞ、存分にお使いになってください」

「そ、それは……」

「神嫁殿」

幸之助の剣幕に気圧《けお》される狗神たちに代わり、それまで黙っていた黒星が口を開いた。

「その銃は、どこから持ってきたものでしょうか？」

「これは……弟の里親より、もらい受けて参りました。その家は、鉄砲鍛冶《てっぽうかじ》で……」

「里に銃を取りに行った……それだけではないでしょう？」

黒星の視線が鋭さを増す。

「先ほどから、里人たちの祈りの力がどんどん増している。これは、あなたの仕業ですね？　里人たちに、何を話されたのです？」

「……真実です」

やはりそこを突いてきたかと内心冷や冷やしながら、幸之助は答える。

「この里を護っているのは、山神様の眷属《けんぞく》である狗神様一族で、長い間命を懸けて里を護ってこられたこと、そして……今、とんでもない窮地に立たされているから助けてほしいと」

その言葉に、狗神たちは「何と言うことを！」と驚きと批難の声を上げる。

「貴様ッ、我らの窮状を晒《さら》し、里人に情けを乞うたと申すかっ？」

「山神様の名代《みょうだい》である我らが、化け物風情に命がけで戦っておるなど……そのようなみっともないことを知られては、山神様の威厳に傷が……」

「みっともなくなんかないっ」

幸之助は大きく首を振るとともに、胸の内で己に喝《かつ》を入れる。

正念場だ。ここで、狗神たちを納得させられないと討伐隊に入れてもらえないし、狗神たちの心がますます里人から離れてしまう。

「あのような化け物に、喰われることも覚悟して立ち向かうことの、何がみっともないというのです！　誇るべきだ。里人たちも、そう思っています」

狗神がこんなにも懸命に里を護っていることを、今の里人は知らない。それどころか、里を護るのなんて容易《たやす》いことだとさえ思っている。

それでは、昨日の白夜の行動が理解できないし、以津真天のことも狗神の仕業だと誤解してしまう。けれど、本当のことが分かれば……きっと分かってくれる。

自分が知っている里人たちは、そういう人間だ。決して狗神たちが思うように、狗神をただの体《てい》のいい道具などと思ってはいない。だから、里人たちに狗神の真実を伝えた。

「どうか、里人のことをもっと信じてください」

確かに、昔のように命を差し出せはしない。だが、狗神も自分たちと同じように心があるのだと理解できるし、自分たちに何かできることがあるなら、支えになりたいと思える。

「その証拠に今……私が、こうしてここにおります」

生まれて初めて以津真天の恐ろしい鳴き声を聞いたこの状況、昔の里人なら恐怖のあまり、月影に幸之助を喰わせ力をつけさせて、以津真天と戦わせようと考えたかもしれない。

だが、幸之助の話を聞いた今の里人たちは皆……里長さえも、狗神たちの境遇に涙し、祈りを捧げてくれるとともに、幸之助にありったけの武器と武具を持たせてくれた。

「それでも信じられませんか？　……それならなおのこと、私を討伐隊に入れてくださいっ」

この身を以《もっ》て、里人の思いを証明いたします！　己の胸を鷲掴み、高々と宣言する。

誰も何も言わない。表情を強張らせ、幸之助を見つめるばかりだ。しかし、少しして、

「月影が……あなたと同じようなことを言っていた」

苦しげに顔を歪めた黒星が、独り言のように呟いた。

「だが、私はそれを内心鼻で嗤っていた。里人が我らを思うておるなど所詮は夢物語。我らの実情を知れば、非力な神はいらぬと見限るだけ……ここにいる者も、ほとんどがそう思っている。しかし……それが違うと言うのなら……どうか、証明してみせてください」

ご武運を。まるで祈るような声でそう漏らし、頭を下げる。

そんな黒星に、幸之助は唇を噛みしめると、深々と頭を下げ返した。

「……里人への演説同様、ご立派でございました。皆、聞き惚れておりましたぞ」

作戦の説明を受け、以津真天を迎え撃つ山に向かう途中、空蟬が声をかけてきた。

「しかし、大きく出ましたな。里人の思いを身を以て証明するなどと、無茶が過ぎます」

「身の程知らずなのは、百も承知です。でも、そんなもの一々気にしていたら、何もできないし……また、月影様を泣かせてしまうっ」

今更《いまさら》恐怖で震え出した掌を握りしめ、幸之助は一人涙に暮れる月影の後ろ姿を思い返した。

泣いている夫に声さえかけられなかった無様な自分。あんな口惜しい思いはもうごめんだ。

二度と、あんなふうに泣かせはしない。

決めたのだ。自分のできる限りで月影を幸せにすると。だから、何だってやってやる。

――神嫁様の言うことなら、信じます。

そう言って、自分の言うことを信じて、受け入れてくれた里人たちのためにも！

そんな幸之助を、空蟬が喉の奥で笑った。どうしたのかと尋ねると、

「いえね。前に一度、尋ねたことがあるのです。坊ちゃまは奥方様のどこに一番惹《ひ》かれたのかと。すると、坊ちゃまはこうおっしゃった。『奥方様の誰にも負けない勇敢《ゆうかん》さ』だと」

「……え？」

幸之助が思わず声を漏らすと、空蟬は口角を吊り上げる。

「ね？　意味が分からないでしょう？　私も最初はそうでした。このような繊細《せんさい》な方のどこが、と。でも、今なら分かる。確かに、奥方様は誰にも負けぬ勇敢さをお持ちだ」

「そ、そんな……私は、どうしようもない臆病者です。世話になった里のためだと死を覚悟することはおろか、今でさえ……死にたくない。怖いと思ってる。だから……っ」

「だからこそです。普通ね、そこまで怖がっていたら逃げ出すものです。だが、あなたは逃げない。拭えぬ恐怖を抱えたまま前を向き、立ち向かっていかれる」

そのような人間こそ、真に勇敢と言うのですよ。

さらりと言われたその言葉に、幸之助は頰を紅潮させた。

今まで、何があっても死を覚悟できない自分は、薄情で矮小《わいしょう》だと思っていた。それなのに、月影はそんな自分を勇敢と言い、愛おしいと言ってくれるのか。

そう思ったら、胸が震えた。

「とはいえ、切れた奥方様に付き合うのは大変ですな。命がいくつあっても足りない」

溜息《ためいき》交《ま》じりに言われ、幸之助は慌てた。

「あ……すみません。こんなことに付き合わせてしまって」

「とんでもない。実は私、負け戦《いくさ》が大好きなんです。死肉がたくさんあるし、いつ死ぬか分からない緊張感、絶望感がたまらなくてね。若い頃はよく負ける側に参戦したものです」

だから、いつしか「死神」だなんて渾名《あだな》がついてしまったのだと言う。

「ああ……今、年甲斐もなく胸がときめいております。人間とともに以津真天を迎え撃つだなんて勝ち目のない戦、滅多にない」

この戦、楽しみましょうぞ。そう言って、空蟬は絶句する幸之助に楽しげに笑いかけた。

以津真天を迎え撃つために陣取ったのは、庵から程近い小高い丘だった。

ここなら空がよく見えるし、茂みも多いから、以津真天と戦うには最適だ。

討伐隊に選ばれた狗神は八人。少数ながら、月影と同じく、日頃から以津真天を退治《たいじ》している弓の名手ばかりだ。そんな彼らから離れ、幸之助は一人持ち場についた。幸之助が発砲し、以津真天の注意がそちらに向いた隙に、狗神たちが一斉射撃《いっせいしゃげき》する手筈《てはず》になっている。

迫《せま》り来る、おびただしい数の以津真天たちに、幸之助は恐怖で震え続ける両手を押さえるのに苦労した。

色々な恐怖が体中を駆け巡る。あんな恐ろしい化け物と対峙《たいじ》する恐怖。生き物を殺す恐怖。そして、喰われるかもしれない恐怖。

だが、里に下りる途中立ち寄った庵で淹《い》れてきたたんぽぽ茶を飲むと、不思議なほどに震えが引いていった。月影の優しい笑顔が、鮮やかに脳裏に蘇《よみが》ったからだ。

——ヨメ、以津真天は恐ろしい化け物ではない。この世に未練を残して死んでいった、人間の悲しい心じゃ。ゆえに、怖いなどと思うな。

……そう、怖くない。あれは、人の悲しい心なのだと自分に言い聞かせながら、ライフルを構え、真っ向から以津真天を見据《みす》えた。

――ヨメ、震えておるぞ。怖いのか？　……大丈夫じゃ。俺がついておる。安心せい。

（……そうだ。怖いことなんてない。月影様のためなら、怖いことなんて何もない！）

胸の内で叫んで、引き金を引いた。

銃声が鳴り響く。以津真天の一匹がけたたましい悲鳴を上げ、地へと落ちていく。

仕留められた！　幸之助は煙《けむり》の上がる銃を握りしめ、身を震わせた。

瞬間、以津真天たちの赤い目が一斉にこちらを向いた。

見つかった。そう思った刹那、空蟬が幸之助を俵担《たわらかつ》ぎして、地面を蹴った。

「さあ、次の持ち場に参りますぞ」

こうして、以津真天の討伐が始まった。

最初こそ、以津真天を初めて仕留めた事実に呆《ほう》けてしまった幸之助だったが、そこから先は気持ちを引き締め、以津真天に弾を撃ち込むことのみに全神経を集中させた。

けれど……初めての戦場は、あまりにも激烈だった。

矢で蜂《はち》の巣にされ、暴れ狂う以津真天の壮絶な姿に、恐怖でかちかちと歯が鳴る。

つんざくような断末魔に、なぜかひどく胸が痛み、涙が溢《あふ》れ出る。

銃声が大きく、居場所を発見されやすいため、何度も喰われそうになって――。

おかしくなりそうだった。

しかしそのたびに、幸之助は月影の名前を唱えた。

念仏のように何度も何度も唱えながら、幸之助は無心で引き金を引き続けた。

「……月影様、……月影様っ」

気がつくと……以津真天の数は、だいぶ減っていた。

最初は空を覆わんばかりに溢れ返っていたのに、今は十ほどしかいない。

（あと少し……あと少しで……っ！）

逸《はや》る気持ちを抑えつつ、空蝉から弾込めされたライフルを受け取る。

だが、ここで異変に気がつく。

先ほどまで、好き勝手に飛び回っていた以津真天たちが一ヶ所に集まっていく。

何をしているのか分からなかったが、目を凝らして……全身に悪寒が走った。

喰っている。以津真天たちが互いの体に噛みつき、共喰いしている。

ぞぶりぞぶりと肉を喰いちぎり、ごきりごきりと骨を砕いて……そのあまりにおぞましい光景に幸之助は立ち尽くした。狗神たちもこんな光景は初めて見たのか、誰も動かない。

その間に、以津真天たちは互いを喰らい合って……しまいに、一匹だけになった。

その以津真天は、今までの以津真天とは明らかに違っていた。

灰色だった毛が、黒々と鋼《はがね》のように鈍《にぶ》く光り、体長も通常の二倍以上大きくて……これは。

あまりの迫力に思わず一歩下がってしまう。だが、幸之助はすぐに歯を食いしばり、震える足で地面を踏みしめると、銃口を向けた。

臆するな。こんなの……ただでかくなっただけだ。他の以津真天と何も変わらない。

(こいつを討ち取れば終わりだ。こいつさえ……こいつさえ討ち取れば!)

引き金を引く。銃口から放たれた銃弾は、幸之助の思い描いた方向へ真っ直ぐ飛んでいき、見事、以津真天の胸に命中した。

しかし次の瞬間、ガチンッという金属音とともに火花が散り、銃弾が跳ね飛ばされた。

今度は、狗神たちが弓矢で一斉射撃を試みる。

だが、これも同じ。矢は以津真天の体を貫くことができず、落ちていくばかりだ。

そしてそれは、何度やっても同じで——。

「ハハ、以津真天にしては知恵を絞りましたな。共喰いして、力を増すとは」

「……そんな……そんな」

笑う空蟬の横で、幸之助は力なくライフルを握った手を下ろした。

ここまで来て、打つ手がないというのか。このままでは……侵入され、滅茶苦茶《めちゃくちゃ》にされてしまう。自分を育ててくれた人たちが住む……そして、月影が命がけで護ってきた里が!

(考えろ! 絶対、何か手があるはずだ。何か、何か……っ!)

頭の中の記憶をひっくり返し、考えて……幸之助はとある記憶を摑み取った。

それは、一度だけ垣間《かいま》見た、以津真天と戦う月影の姿だった。

あの時の月影も、今と同じ状況だった。無理をして落雷の術を使ったために力が入らず、いくら矢を射っても、以津真天を討ち取ることができなかった。

その時、月影はどうした？　諦めたか？　……否。

「奥方様、どうなさいました？」

銃に弾を込め始める幸之助を見て首を傾げる空蟬に、幸之助はこう言い放った。

「空蟬さん、狗神様のところに行って伝えてくれますか。私はこれから、以津真天を誘き寄せ、口内に銃弾を撃ち込もうと思う。……もし失敗したら、私を喰っている隙を突いて、以津真天を討ってくれと」

「！　奥方様、それはいくら何でも」

「早く！」

大きく旋回《せんかい》し、里のほうに向かって飛び始める以津真天を、横目で見遣《みや》りながら叫ぶ。

本当なら、狗神たちにこの案を進言し意見を仰《あお》ぐのが正解なのだろう。分かっている。だが、そんなことをしていたら以津真天に逃げられてしまう。だから、独断でもやるしかない。

そんな幸之助を空蟬は黙って見ていたが、ふと困ったように自嘲《じちょう》した。

「お止めすべきと分かっておりますのに……こういう命知らずを愛おしまずにはいられない、己の性分が憎らしゅうございます」

ご武運を。軽く頭を下げたかと思うと即座に踵《きびす》を返し、空蟬は行ってしまった。

その間に、幸之助は今まで使っていなかった小型の米利堅《メリケン》式ライフルにも弾を込めた。この銃はエゲレス式に比べ命中率が悪い上に威力も弱いため、長距離戦では使えなかったが、近距離戦なら役に立つはずだ。

全ての銃に弾を込め終えると、幸之助はたんぽぽ茶を勢いよく呷《あお》った。たんぽぽ茶が体に染み込んでいくのを感じる。それがまるで、月影が自分に乗り移っていくように感じられて、勇気が出てきた。

（大丈夫……月影様と同じようにやれば、必ず仕留められる！）

自分に言い聞かせ、幸之助は地面を蹴った。

「以津真天ッ！」

見晴らしのいい原っぱの真ん中に陣取り、エゲレス式ライフルを構えて発砲する。

弾は里へ向かおうとする以津真天の尻尾に当たった。以津真天の動きが止まる。

身を翻し、きょろきょろとあたりを見回す。幸之助の姿が見つけられないらしい。

しかたなく、幸之助は何度か大声で呼んだが、それでも以津真天は幸之助を発見できない。

幸之助は二丁目のエゲレス式ライフルも発砲した。

「こっちじゃ、以津真天。餌はここにおるぞっ！」

もしここで気づかないようなら、いったん引き、弾込めをしようと思っていた。

だが、以津真天が焦点の定まらぬ赤い目を、ぎょろりと向けてきたかと思うと、幸之助めがけ急降下してきた。

幸之助は残った米利堅式ライフルを構えた。

米利堅式は威力が弱い。ギリギリまで引きつけて発砲しなくては。

牙を剝き出し、襲いかかってくる以津真天の迫力は凄《すさ》まじかった。血がべったりついた牙を見ると、また足が震え始める。それでも足を踏みしめ、目を見開く。

（もう少し……、もう少し……っ）

今すぐにでも引き金を引きたい衝動を必死に堪える。そして、血腥《ちなまぐさ》い吐息《といき》を感じるほど、以津真天が眼前に迫った時。幸之助は引き金に指をかけた。しかし――。

「……っ！」

以津真天が突如予想外の動きを取った。大きく突き出していた頭を引っ込め、翼についた大きな爪《つめ》を振り落としてきたのだ。だから思わず、爪に向かって銃を発砲してしまった。

瞬間、以津真天の顔が愉快《ゆかい》そうに歪む。

これでもう、弾切れだなぁ。そう……嗤われた気がした。

――イツマデモッ！　イツマデモッ！

今度こそ、以津真天が大きくくちばしを開き、襲いかかってくる。

それを見て、幸之助は……にやりと嗤った。

――神嫁様、ぜひこの米利堅式ライフルも持っていってください。これはエゲレス式に比べると、命中精度も威力も格段に劣りますが、なんと言っても七連射式ですから！

弟、福之助《ふくのすけ》の言葉を思い返しながら、引き金近くにあるレバーを引き、引き金を引いた。

鼓膜が破れそうなほど、大きな悲鳴があたりに轟く。

口内に銃弾を撃ち込まれた以津真天が地面に落ち、口から血を吐いてのたうち回る。

生きている。まだ……この化け物は生きている！

「うわぁああ！」

幸之助は悲鳴を上げながら、もう一度発砲した。もう一度、もう一度……！

無我夢中でライフルの弾を全部撃ち終えた時、以津真天はようやく動かなくなった。

幸之助はしばらくライフルを構えたまま固まっていたが、以津真天が動かないのを見定めた瞬間、その場に崩れ落ち、今まで腹に溜め込んでいた息を全部吐き出した。

……やった。これで……全部の以津真天を仕留めた！　そう、思った時。

「奥方様っ！」

遠くから、空蟬の声が聞こえた。それも、何だか……妙に切迫しているような、と何の気なしに顔を上げて、幸之助は顔面蒼白《がんめんそうはく》になった。

仕留めた以津真天の体を突き破って、もう一匹の以津真天が姿を現したからだ。

腹の中に一匹隠していた。そう思った瞬間、以津真天が襲いかかってきた。

だが、幸之助は動けない。弾の切れた銃を抱き締め、身を硬くすることしかできない。

そして、以津真天の鋸《のこぎり》のような牙が眼前に迫った刹那。目の前が真っ白になった。

……いや、白ではなく、真冬の雪のようにキラキラと冴《さ》え渡る白銀。

(これは……月影様の、色)

そう思った時には、白銀も以津真天の姿も視界から消えていた。

慌ててあたりを見回すと、以津真天の喉元に食らいついている白い狗の姿が見えた。

「……俺のヨメに、手を出すからだ」

動かなくなった以津真天を吐き捨てた途端、白い狗が見る見る人の姿に変わっていく。

「月影、様……」

震える声で、幸之助はその名を呼んだ。すると、相手……月影はさっと踵を返し、こちらに駆け寄ってきた。

「大丈夫か？　怪我はっ……ないか。……よかった」

「つ、月影様。あ、あの……っ」

「全く！　ぬしは何を考えておるのだっ」

幸之助の両肩を鷲摑み、月影は怒鳴り上げた。

「このような無茶をして、何か遭ったらどう……っ！」

「月影様ぁっ！」

怒る月影に、幸之助は体当たりする勢いで抱きついた。

「ヨ、ヨメッ？　あ、あ……どうしたのじゃ、いきなり」

「会いとう、ございました。うう……会い、とう……ござい……あああ」

月影の顔を見て、緊張の糸が完全に切れてしまったのか。幸之助は人目も憚《はばか》らず、童のように泣きじゃくりながら、月影にしがみついた。

そんな幸之助に、月影は怒るに怒れないと言ったように、忙《せわ》しなく耳と尻尾をパタパタさせていたが、ふとあるものに気がつき、慌てて幸之助を隠すように抱き竦めた。

「こ、これは俺だけのヨメぞっ。見るな、減る！」

呆気に取られた顔で幸之助を見遣る狗神たちに、月影はそう怒鳴り散らした。


その後も、幸之助はなかなか泣きやめなかった。涙腺《るいせん》が壊れてしまったみたいに、涙が後から後から零れ出てくる。おまけに、体の震えも止まらない。

そんな幸之助を、月影は庵に連れて帰った。

布団の上に寝かせると、服を脱がせて、全身を舐め始める。それは最初、幸之助の体に傷がないか、確かめているようだったが、だんだん——。

「ァ……つきか、げさ……は、ぁ……っ」

胸の突起をしつこく弄られて、幸之助は甘い声を上げた。

「胸でも、体……柔らこうならぬなぁ」

ぬしは好きなのにな、ココ。言いながら、月影は幸之助の乳首を噛んだ。幸之助の体が捩《よじ》れるとともに、乳首がさらに硬くなり、ますます勃《た》った。

だがまだ、幸之助の体から強張りは消えない。月影が小さく笑う。

「なら、ココはどうだ？」

「！　ァあっ……、んんっ……ふ、ぁっ」

濡れた指を秘部に差し込まれ、幸之助の腰が大きく跳ねる。

「ハハ、やはり……ぬしはこっちのほうが好きか」

「つき、かげさ……んぅ、ぁ、ああっ」

すぐに、指の数を増やされる。

弱いところを執拗《しつよう》に擦られて、快感がさざ波のように広がっていく。だが、それよりも……もどかしさのほうが上回った。月影に穿《うが》たれて得られる心地よさを知っていたから。

初めて身を繋げた時は、痛いばかりだった。けれど、月影が行為のコツを摑んでいくとともに、幸之助の体も月影を受け入れることに慣れていって、今では気持ちいいばかりだ。

特に、月影と一つになっているという感覚がたまらなく好きだったから、

「つ、つきか、げさ……は、ぁ……も……挿入れ、て……挿入れて、くださ……んんっ」

幸之助は月影の腕を摑んで、はしたなくせがんだ。

そんな幸之助に月影は一瞬眉を寄せたが、すぐに微笑むと、幸之助の足に手をかけてきた。

「……挿入れるぞ」

耳元でそう囁いて、幸之助のひくつくソコに自身を宛《あて》がってきた。

「つきか、げさ……んんっ！　あああっ」

一気に、猛《たけ》った楔《くさび》で貫かれる。せり上がってくる衝撃に息が詰まり、幸之助は少し待ってくれと訴えた。だが、月影は聞く耳を持たず、強引に腰を押し進めてくる。

苦しい。けれど……それがひどく心地よくて、安心した。

もっと滅茶苦茶にされたい。月影に何もかも塗り潰されて、月影でいっぱいになりたい。恥じらいも何もかもを置き去りにして、ただただそう思って……何かから逃げるように、縋りつくように、幸之助は月影にしがみついた。

普段非常に生真面目《きまじめ》で、性欲など欠片も持ち合わせていないのでは、と思わせるほどに清《せい》楚《そ》な風情を醸《かも》しているだけに、自ら腰を振るその姿はいやに淫猥《いんわい》で、蠱惑的《こわくてき》だ。

そんな幸之助に煽られるように、月影の腰の動きも激しくなっていく。

「はぁ……体、ようやく……柔らかくなったな」

幸之助の体を掻き抱《いだ》きながら、月影が熱い吐息を漏らす。

「全く、怖がりのくせに、無茶をしおって。また、しばらく……ぬしは今日の夢を見て、うなされるのであろうな」

「つ、きか……ぁああっ、……ん、ぁっ」

「安心しろ、ヨメ。そんな夢、見せはせん」

耳元に濡れた唇を寄せられる。

「毎晩抱いてやる。夢も見ないぐらい、抱いて抱いて……俺でいっぱいにしてやる」

「ァあっ……んんぅっ。月影、さ……は、ぁあ……ん、ああ」

「よう生きておった……よう、生きておったっ」

熱い吐息とともに噛みしめるように囁かれ、血が沸騰《ふっとう》する錯覚を覚えるとともに、なぜか胸がひどく切なくなって、幸之助は月影の背に爪を立てた。

そこから先は、二人の理性がどこかへ消えた。

二人とも壊れたように互いを呼び合いながら、獣のようにまぐわった。

触られれば触られるほど快楽に溺《おぼ》れ、触れば触るほどに心が満たされていく。しかし、そのうち……内に溢れた快感が出口を求めて下肢に集まり、暴れ始めた。

「あ、あ、ああ……つき、かげさ……も、もう……はぁっ」

本当はこの一時を終わらせたくないのに、口が勝手にそう懇願し、とどめを欲するように内部で月影を締めつける。すると、月影もぶるりと体を震わせて、

「ん、くっ……ああ、達《い》け。俺も……んっ！」

幸之助の自身を扱《しご》きながら、最奥《さいおう》を貫いてきた。その瞬間、内で何が弾ける感触を覚えて、

「ぁ……あああっ」

目の前が真っ白になり、幸之助は月影の手に白濁《はくだく》を勢いよく吐き出した。

「はぁ……はぁ……」

それからしばらく、二人は動かなかった。ただ、お互いの生きる鼓動に五感をすませる。

そこでようやく、幸之助は安堵の息を吐くことができた。

（……大丈夫。月影様も私も生きてる。もう、大丈夫）

月影の滑らかな肌に頬ずりしながらそう思っていると、頭の上で深い溜息が漏れた。どうしたのか尋ねると、月影は幸之助の頭に鼻先を押しつけ、くぐもった声でこう言った。

「むう……困ったと、思うてな」

パタパタと、月影の耳が忙しなく動く。

「先ほどは、無茶をしたぬしが腹立たしくて、つい怒鳴ってしもうたが、ぬしがこのようなことをしたのは全部俺のためだ。しかも、それが的外れならまだしも、ぬしは俺の穴を見事埋めてくれて……」

「！　幸之助は、月影様のお役に立てたのですか？」

「え？　……ああ、そりゃあもう……っ」

「嬉しゅうございます！」

幸之助ははしゃぎながら、月影に抱きついた。それを見て、月影はますます渋い顔をする。

「まことに困る。これでは、二度と余計な真似はするなと怒れぬではないか。俺はぬしが大事で、一筋の傷もつけとうないというに。出来過ぎた嫁というのも考えもの……いや」

心底困ったように言っていた月影は首を振り、

「二度とこのようなことにならぬよう、俺が精進《しょうじん》すればよい話だな。うん」

そう独りごちる。今までの自分なら、相変わらず一切頼ろうとしてくれず、一人で頑張っていこうとする月影に、寂しさと憤りを覚えるばかりだったろう。だが、今は——。

「？　ヨメ、何を笑うておる」

「はい、何やら……わくわくして参りまして」

わくわく？　と首を捻る月影に、幸之助は頷いてみせる。

「今回のことで気がついたんです。私は月影様のためと思えば、案外何でもできると」

今までは、人間の自分にできることなんて、見当もつかなかった。だが、月影の信念を信じて色んなものをかなぐり捨てると、驚くほどに視界が開けた。

狗神や里人を説得して、あの以津真天に立ち向かうことだってできた。

自分が思っていた以上に、自分の可能性は広がっている。一人でどんどん走っていってしまう月影を追いかけていける力がある。そう思ったら、

「どうぞ、お心のままに突き進んでください。私はそれを、なりふり構わず追いかけて……ああ、そうしたら、二人でどこまで行けるでしょう」

わくわくします。晴れやかな笑みで、幸之助はそう言った。

そんな幸之助を、月影は呆気に取られた顔で見つめてきた。だが、すぐにむず痒《がゆ》そうな顔をしたかと思うと、突然荒々しく唇に嚙みついてきた。

「ああもう！　ぬしはまこと……困った嫁じゃ！」


月影がなぜ怒ったのか分からず首を捻った数日後、幸之助たちの元に文が届いた。

「……父上からじゃ」

白夜はようやく精神が落ち着き、高天原から帰ってきたらしい。

それはとても喜ばしいことだったが、文の内容に月影は眉を寄せた。

「二人で、屋敷に来られたし……か。父上、何のおつもりか」

「もしかして……この前の私の行いが、何か問題になっているのでしょうか」

幸之助は首を竦める。里を護るためとはいえ、自分は数々の禁忌《きんき》を犯《おか》してしまった。そのことで、山神や白夜が激怒していることも十分考えられる。

それについて、月影は何も言わなかった。ただ、「とにかく、父上の元に参ろう」と言って、幸之助の手を強く握りしめてきた。その所作には、お前がどんな罰を受けることになっても、ともに受けるという意思がひしひしと伝わってきた。

屋敷に赴《おもむ》くと、二人は庭が一望できる縁側に通された。

「よく来てくれましたね、二人とも」

縁側に着くと、にこやかな笑みを浮かべた黒星が愛想《あいそ》よく出迎えてきた。その後ろには、縁側に腰かけ、陽日を膝《ひざ》に乗せて視線を庭に投げている白夜の姿も見える。

「先日はご苦労様でした。二人のおかげで、里も我らも事なきを得ました」

「礼ならヨメにだけ言うてくれ。俺は何もしておらん。それで……用というのは？」

月影が早速本題を切り出すと、黒星は笑みを深くし、おもむろに庭先を指し示してきた。

見ると、庭の真ん中に、米俵や酒樽、野菜などが山のように積み上げられている。

「里人から、先日のことへの感謝の印だそうです。それから……これを」

黒星が紙の束《たば》を差し出してきた。受け取り、中身を見てみると……、

――先祖たちの仕打ちを、そして嘉平をお許しください。これから、狗神様との縁を護れる、立派な里長になれるよう鍛《きた》えて参ります。

――以津真天たちから里を護ってくれて、感謝いたします。

――いぬがみさま、かみよめさま、ありがとう。

それは、里長はじめ里人全員の思いを綴《つづ》った文だった。その内容は、今まで狗神たちのことを誤解していたことへの詫びと、感謝と思慕の気持ちで溢れていた。

「皆……狗神様のお心を、分かってくれたのですね」

感極まって幸之助が独りごちると、黒星は「意外でした」と両の目を細める。

「我らが命がけで戦っているなどと知ったら、さように弱い者はいらぬと、余計に我らから離れていくと思うておりましたに……ねぇ？」

兄上。黒星が白夜に向き直る。白夜は黙ったままだ。表情筋一つ動かさない。

そんな白夜に幸之助はそっと近づくと、床に両手を突き、平伏した。

「里の者は……狗神様を、お慕いしております」

「……」

「確かに、昔とは考え方が違います。間違いも犯しました。でも、それは……」

「山のように禁忌を破り、無礼を働いたそうだな」

必死に言葉を選びながら訴える幸之助の言葉を遮り、白夜がぽつりと呟いた。

「無断で里に下り、我らの内情を暴露した上に、軍議に乱入し、道具を用いれば戦えると、強引に討伐隊に加わった挙げ句、作戦を無視して隊列を乱し、一人以津真天に突っ込んだとも」

白夜の目元が不快げに歪む。

「さような罰当たりな人間、昔はいなかった。神に意見するどころか、ともに戦い、己が力で我らを支えてやろうなどと、大それたことを考える人間は」

「あ……それは……確かに、何もかもおっしゃるとおりです。でも、私は……っ」

「『生きてくれ』」

「……え」

「『わしには、黒星という弟がおる。ゆえに、護るべきそちを喰ろうてまで、生きながらえる必要はない。役に立ちたいと申すなら、生きてわしを支えてくれ』」

「それは……」

幸之助が掠れた声を漏らすと、白夜は悲しげに目を細めた。

「今の世なら、わしのその言葉に、あやつも……阿呆《あほう》のように頷いたのであろうな」

そう独りごちた白夜の目は、遙《はる》か遠くを見つめていた。

思い出しているのだ。白夜に自ら命を差し出した、最初の贄のことを。

「それを思えば……時代が移ろうのも、悪くないのかもしれん」

そう言ったきり、白夜は口と……少し潤《うる》んでいた赤い瞳を、そっと閉じた。

そんな白夜に、幸之助はじめ誰も何も言うことができなかった。けれど、

「……とと、さま」

不意に、拙《つたな》い声がした。見ると、白夜の腕に抱かれた陽日が、小さな前足を無邪気に伸ばしながら、「ととさま、ととさま」と頻りに白夜を呼んでいる。

白夜が震える手を伸ばすと、陽日は嬉しそうに尻尾を振り、小さな身を甘えるように擦り寄せて、ぺろぺろとその手を舐めた。「大好きだよ」と、一生懸命白夜に伝えるように。

その姿に、幸之助が両の目を見張っていると、横に誰かが座ってきた。月影だ。

「また、二人で参ります」

今日は呼んでくださり、ありがとうございました。静かにそう言って、月影は頭を下げた。


「……よいのでしょうか？　私が、また……お屋敷を訪ねても」

屋敷からの帰り道、月影の腕の中で幸之助は小さく呟いた。

月影の歩が止まる。そして、幸之助を地面に下ろすと、真っ直ぐに幸之助を見た。

「よいのだ」

「でも……私を見たら、義父上様は辛い気持ちになります」

「そうであろうな。それでも……よいのだ。父上は、受け入れようとされているのだから」

受け入れる？　幸之助が首を傾げると、月影は深く頷いて見せる。

「時代が移ろうたのだ。……間違うておらぬ。『生きて支えてくれ』という言葉に応えず、父上に身を捧げた贄も、その言葉を受け入れて、生きることを選んだぬしも、両方正しい」

「……月影様」

「ゆえに、父上を憐れと思うな。我らのことも、引け目に思うな。ただ、胸を張ればよい」

よいな。静かだが、強い口調で言われる。それに、幸之助は唇を噛みしめ、頷いた。

そうだ。白夜のことを憐れだと思ったら、白夜にも贄にも失礼ではないか。

白夜たちの道もまた、正しかったのだ。その道を選んだからこそ、白夜は狗神一族の長となり、今日まで里を護ってこれて、月影と陽日が生まれてきた。

何が憐れなものか。立派なことだ。

では、月影は……と、思った時。「そう言えば」と、月影が改まったように言った。

「ぬしは、俺に嫁入りした日のことを覚えておるか」

「？　はい。勿論ですが、それが何か……」

「よくよく考えてみると、大事なことをやり忘れておった」

「大事なこと……初夜でございますか？」

真顔で聞き返す幸之助に、月影は噴き出した。

「違う。それはもう後日しっかりやったであろう。そうではなくて、三々九度のことじゃ」

幸之助は「ああ」と声を上げた。確かに、本当は落ち合うはずの祠《ほこら》でするはずだったが、嘉平たちに襲われて、うやむやになってしまっていた。

「今からやらぬか」

「今からですかっ？」

「むう？　嫌なのか？」

「い、いいえ、嫌ではないですが……どうして、いきなり」

慌てて首を振りながら聞き返す幸之助に、月影は居心地悪そうに耳をパタパタさせながら、

明後日《あさって》の方向を向いた。しかし、少し間を置いた後、

「俺は、ぬしに謝らねばならん」

そう言って、再び幸之助に向き直った。

「俺はずっと、何か面倒があったら、全部己で何とかしようとしてきた。それがぬしのためと思うてな。……だが、本当は違う。俺はただ、ぬしを侮《あなど》っていたのだ。かように小さくて脆い、人間のぬしに寄りかかってどうなる？　潰れるだけだ。下手をしたら怖気《おじけ》づいて俺から逃げ出すやも、と……ハハ、人間は昔よりも強うなったと、言っておいてなぁ」

「月影様……」

「……だが、先ほどの父上の話を聞いて、目が覚めた。ぬしは弱くもないし、俺のために色んなものに立ち向かってくれた。それゆえ……な」

ブンブンと忙しない風切り音が聞こえてくる。月影が落ち着きなく尻尾を振っているのだ。

「改めて、ぬしを娶りたいのだ！　後生大事に抱えて歩いていく嫁ではなく、ともに歩む……いや、走る嫁としてな。さすれば、俺は今よりずっと……もっと遠く、高みを目指せる」

ついて来てくれるか。非常に生真面目な顔で、真摯に尋ねられる。

幸之助は大きな目を限界まで見開いて、惚けたようにその顔を見上げた。

だが不意に、視界がぐにゃりと歪んだかと思うと、ぼろぼろ涙が零れ始めた。

「あ、あ……も、申し訳ありませんっ。あの……っ！」

上擦った声を上げながら、慌てて袖で顔を隠す。

駄目だ。ここで女々《めめ》しく泣いてしまったら、先ほどの言葉を取り消されてしまうではないか！　早く……早く泣き止まないと！

乱暴に袖で顔を擦る。するとその手を摑まれ、もう片方の手で顎《あご》を摑まれてしまった。

「ハハ。相変わらず、ぬしは泣き虫だなあ。そんなに嬉しいか？」

可愛い奴じゃ。幸之助の涙を舐めながら、月影が微笑った。

そして、月影に涙を全部舐め取ってもらった後、幸之助と月影は庵の庭先で、空蟬立ち合いの元、三々九度を上げた。

簞笥《たんす》から引っ張り出した白無垢《しろむく》に再び身を包み、注がれた酒を、幸之助は胸をドキドキさせながら一口一口、大事に飲んだ。

これからの人生を、ずっと一緒に走っていこう。そんな月影の思いを、体の内に染み込ませていくように——。

月影が選んだ道。それが正しいかどうか分かるのは、きっとこれからだ。

普通の狗神に比べて脆く、寿命も悲しいほどに短い月影。そんな彼を、彼よりももっと非力な自分が、どれだけ支えられるのか。

傍《はた》から見れば、月影の選択は限りなく無謀《むぼう》で、憐れに映るだろう。

だが、幸之助に迷いはない。

今までは、これが己の運命だからと、半ば諦めの気持ちで歩いてきたが、今は……この男の嫁になるよう運命づけられた己の人生が愛おしくてしかたない。全力で駆け抜けたい。

「では……これからも、よろしく頼むぞ。こ……こここ……幸之助！」

愛おしい夫とともに……神嫁としてではなく、幸之助として、どこまでもどこまでも――。

「はい！　月影様」

頭から湯気が上りそうなほどの赤面顔で、初めて名前を呼んでくれた月影に、満面の笑みで応える。すると、月影の顔が童のように輝いて……。

「奥方様、そのように坊ちゃまを喜ばせて。山中がたんぽぽだらけになってしまいますぞ」

空蟬が苦笑する。しかしその間にも、ポポポンポポポン……と、たんぽぽの咲く音色が、軽やかに幾重にも鳴り響きわたり、秋の山全体を黄色く染めていった。

可愛い旦那さまは愛される

——……十八になる前に死んだほうが、あの子のためかもしれない。

先ほど漏《も》れ聞いてしまった叔父《おじ》の声が、耳鳴りのように蘇《よみがえ》る。

——これからのことを考えたら、贄《にえ》を喰《く》わせるわけにはいかない……なんて、この事実を知らずに死んだほうが、まだまし……。

それ以上は聞いていられなかった。

すぐさま屋敷から飛び出し、泣きながら里に向かって走った。

大好きな叔父が、自分のことを死ねばいいと思っていたことが悲しくて……贄を喰わせてもらえないことが嫌で、懸命に走った。

黒星《くろぼし》は、自分を……贄を喰っても一人前の狗神《いぬがみ》になれない、出来損ないだと思っている。

だから、喰わせるわけにはいかないなんて意地悪を言うのだ。

……そんなことない。今、誰よりも弱い役立たずでも、贄を喰いさえすれば、自分だって白夜《びゃくや》と同じように「普通」になれる！

だから、邪魔《じゃま》される前に贄を喰ってしまおうと、里に走った。けれど——。

「きゅううう！」

あともう少しで里に着くというところで、後ろ足に激痛が走る。

人間の仕掛けた罠《わな》にかかってしまったのだ。

（……いたい、いたい！）

必死に暴れた。だが、小さな白い足に食い込むトラバサミはびくともしない。それどころか、暴れれば暴れるほど、痛みは増していくばかりだ。

あまりに痛くて、月影《つきかげ》は泣きながら助けを呼んだ。

（……助けて。ちちうえ、おじご……誰か、助けて！）

みっともなく懇願《こんがん》した。しかし、その声は、

「きゅうう……。きゅううう……」

弱々しい獣《けもの》の鳴き声にしかならない。脆弱《ぜいじゃく》で発育も悪い月影は、成長の早い白狗《びゃっく》でありながら、八つになった今でも、人型になるどころか、人語を話すことさえできなかったから。

トラバサミが食い込んだ傷口から、血がどくどくと流れ出ていく。

柔らかな産毛《うぶげ》では、冬の木枯《こが》らしは寒過ぎて、震えが止まらなくて……ああ。

（……なんで……なんでおればっかり、こんな目に遭《あ》うの？）

悪いことをした覚えなど、一つもない。それなのに、いつも病に苦しめられて、外で遊べなくて、軟弱と親戚《しんせき》から馬鹿《ばか》にされて……大好きな人にさえ、死ねばいいと思われる。

（みんな……みんな、大っ嫌いだ！）

馬鹿にしてくる周囲が憎い。死ねばいいと思っている叔父が憎い。

こんな体に自分を生んだ両親も、双子《ふたご》なのに自分だけ普通に生まれてきた兄も……そして、こんなにもみっともない自分も……何もかも全部大嫌いだ！

けれど……そう思ったら、自分の居場所はこの世のどこにもない気がした。

それがまた寂しくて、辛《つら》くて、苦しくて……思わず、

（……助けて）

小さな身を丸めて、震えながらもう一度呟《つぶや》いた。すると、

「……だいじょうぶ？」

不意に聞こえた、柔らかな、愛らしい声。見上げると、そこには……。

「心配しないで。わたしが、助けてあげるからね」

目が合うなり、にっこりと微笑《ほほえ》んだ。その時の笑顔が……今でも忘れられない。

＊＊＊

先日の以津真天《いつまで》討伐《とうばつ》を機に、狗神と里の関係は大きく変わった。

両者の事情を知るとともに、力を合わせて以津真天を撃退《げきたい》したことで、それまで開いていた溝が埋まり、心がぐっと近づいた気がする。

里人は親しみを込めて狗神を敬うようになり、狗神もそんな里人に心を軟化させて……とてもいい傾向だ。

これも全部、幸之助《こうのすけ》のおかげだ。

狗神と里人に互いの内情を説明し、人間だって神の支えになれると命を懸《か》けて示してくれたから、皆の心が動いた。

本当に、よくできた嫁だと思う。

それでなくても……子リスのような、身悶《みもだ》えするほど愛らしい容姿。菩薩《ぼさつ》のような慈愛《じあい》と、純真な童《わらわ》のように無邪気《むじゃき》な可愛《かわい》さで満ち満ちた性格。その上、働き者で、料理はほっぺたが地中深くめり込みそうなほど美味《おい》しくて……！

「天は二物を与えずと言うが……世の中には、二物どころか六物七物と与えられるような、天に愛されまくった人間がおるのだなぁ。しかも！　それがこの俺の嫁！　ムフフ」

「……月影、それ以上強く叩《たた》くと、また床が壊れます」

見事な枯山水《かれさんすい》の庭に、ポポポンと一気に三輪もたんぽぽを咲かせながら、床を大きな尻尾《しっぽ》で叩きまくる月影を、黒星がそっと窘《たしな》める。瞬間、月影の尻尾がピンッと立った。

「失敬。いつもの癖《くせ》で」

「それで？　相談というのは？　まさか、嫁が出来過ぎて困る、などでは……」

「！　さすが叔父御じゃ。なにゆえ分かったっ？」

「……」

一瞬、黒星が気が遠くなると言わんばかりに虚《うつ》ろな目をしたような気がしたが、月影は無視して話を進める。

「ヨメは、俺が動けぬ間にようやってくれた。ゆえに、ヨメに何かお返しをしたいと思うのだが……なかなか上手《うま》くいかぬ」

実は以前から、幸之助のためにコツコツと、自分の安俸禄《やすほうろく》を掻《か》き集めて貯めてきた金がある。これで何か買ってやろうとしたのだが、

「そのような大事な金は、自分のために使えと断られてしもうた……」

「どうせ、『お前のために頑張って貯めてきたのだぞ』と自慢げに言ってしまったのでしょう？　自業自得《じごうじとく》です」

「むむ……そ、それは……とにかく！　断られてしもうたゆえな。ならせめて俺が非番の日くらい楽をさせてやろうと思うて、家事を代わってやったのだが……台所は黒焦《くろこ》げになるわ、洗濯物はビリビリに破れるわ……余計に嫁の仕事を増やしてしもうて」

散々な結果だった。だが、幸之助は怒らなかった。それどころか、気持ちだけで十分だと優しく言ってくれて……そう言ってくれるのは嬉《うれ》しいが、やはり自分の気がすまない！

「命がけで頑張ったヨメに何もできぬようでは、夫の沽券《こけん》に関わる！　叔父御、何かよい手はないか？」

問いかけると、黒星は「そうですね」と思案げに親指で唇をなぞりながら、耳をパタパタ動かした。

ふと、黒星の耳が勢いよく立ち上がる。何か閃《ひらめ》いたらしい。

「二、三日の間、神嫁殿《どの》をこの屋敷に滞在《たいざい》させるというのはどうでしょう？　ここなら、家事は使用人がするから、ゆっくりしてもらえますよ」

「それは……しかし、それだと俺の力……というわけでは」

実家の力を頼って……なんて、格好がつかない。そう言うと、黒星が片眉《かたまゆ》を吊《つ》り上げる。

「月影、あなたの一番の目的は何です。神嫁殿に何かしてやりたいのでしょう？　だったら、己の面子《メンツ》を気にしている場合ではないのでは？」

「……む、むう」

確かに黒星の言うとおりだ。大事なのは幸之助を喜ばせることで、自分の面子を気にしている場合ではない。

ただ……と、月影はここで、黒星の背後に目を向ける。

そこには、縁側に腰かけ、庭に視線を投げている白夜の姿があった。

白夜は月影の視線に気づいているだろうに、何も言わないばかりか、こちらを見ようともしない。しかし、黒星から「いいですよね？　兄上」と声をかけられると、

「……勝手にしろ」

無愛想《ぶあいそう》極まりない声で、ぼそりと呟く。そんな白夜に、月影は小さく目を見開いた。

自分が今こうして、屋敷を自由に出入りできるようになったこともそうだが、幸之助を泊めてもいいだなんて……幸之助を喰わない限り、顔も見たくないと言われたこれまでを思う

と、信じられない変化だ。

……いや、それを言うなら、

「はは。相変わらず、素直じゃない」

黒星もそうだ。一時期は、お前が痛々しくて見ていられないと月影を避けていたのに、こんなふうに笑顔で話ができるようになったばかりか、泊まりにこいとまで言う。

（これも……あやつのおかげなのであろうなぁ）

心なしか穏やかに見える白夜の横顔と、楽しげな黒星の笑顔を見遣《みや》り、月影がしみじみと思った時だ。

「月影、どうせなら非番の日にいらっしゃい。そしたら一日中、神嫁殿にべったりできますよ」

からかうようにそう言われたものだから、

「黒星。そのようなことを月影に申すな。また、庭師が泣くことに」

白夜が窘めたが遅かった。枯山水の庭はものの見事にたんぽぽで黄色く染まってしまった。


「え？　月影様のご実家にお泊りですか？」

屋敷の庭師に平謝りして家に戻った後、二人で食後のたんぽぽ茶を飲みながらその話をすると、幸之助は大きな目を瞬《またた》かせた。

「うむ！　たまには息抜きも必要ゆえ、遊びに来いとな。冬になって、家事が一段と難儀になったであろう？　それゆえ……む？　いかがした」

「いえ……よかったと、思いまして」

幸之助は嬉しそうに微笑みながら、そう言った。

「私がお屋敷に泊まることを、義父上様が許してくださるなんて……義父上様と和解したいという、月影様の努力が実を結んできているのですね」

本当に、よかった。噛《か》みしめるようにもう一度独りごちる。そんな幸之助に、月影は居心地の悪さを覚え、尻尾をもぞもぞ動かした。

幸之助は月影が思ってもみない所で喜ぶから、いつも面食らってしまう。

「……む、むう。それでな、ヨメ……あ、いや……こ、ここ幸之助。どうする？　参るか」

いまだに慣れない幸之助の名前を、顔を真っ赤にして捻《ひね》り出しながら尋ねると、幸之助は笑顔で頷《うなず》いた。

「承知しました。粗相《そそう》のないよう、頑張ります！」

「……いや、こたびは頑張らなくてよい。休養で参るのだからな。ぬしは俺のそばでのんびりしておればよい」

「え……？　そ、そんな……泊まらせていただくのに、何もしないわけには」

「むう？　なんだ。ぬしは俺と一日中まったり過ごすのが嫌と申すか」

「！　いえっ、そんなことだけは絶対な……あっ、その……」

おもむろに声を張り上げたかと思うと、幸之助は頬《ほお》を紅潮《こうちょう》させ、気恥《きは》ずかしげに俯《うつむ》いた。

そのまましばらく俯いて、口をむにむに動かしていたが、おもむろに立ち上がったかと思うと踵《きびす》を返す。どうしたのだと尋ねると、

「土産《みやげ》の品を、たくさん作っていこうと思います。そうでないと、心苦しくて……目一杯、月影様とくつろげないと思うから」

「……そ、それは」

「あ、あの……櫛《くし》を、持っていこうと思います。一度……ひなたぼっこしながら、月影様の毛を梳《す》いてみたいと、思っていたので！」

早口にそう言って、そそくさと台所に駆けていく。

その姿を月影はしばし呆然《ぼうぜん》と見つめていたが、すぐに毛を逆立《さかだ》てて身悶《みもだ》えた。

（……くそっ！　我が嫁ながら、なんと可愛いのだ！）

ポンポンポンと断続的にたんぽぽを咲かせながら、そう思っていると、

「ほほほ。まぁ何とも、愉快《ゆかい》なことでございますなぁ」

楽しげな笑い声がかかる。見ると、いつの間にやってきたのか、空蟬《うつせみ》が月影のそばで毛《け》繕《づくろ》いしている。

「なんだ、空蟬。何が愉快なのだ」

「いえ、坊ちゃまの悶絶《もんぜつ》する姿を想像しますと、愉快で愉快で」

「むう？　俺が悶絶とな？」

意味が分からず首を捻る月影に、空蝉は「失敬」とくちばしを翼で隠した。

「取るに足らぬ戯言《ざれごと》でございます」

どうぞ、よい休日を。笑いを噛み殺しながらそう言って、空蝉はぺこりと頭を下げた。


なぜ、自分が悶絶しなければならないのか。いくら考えても分からなかった。

しかし翌日。土産の品を抱えた幸之助を連れて屋敷に赴《おもむ》き、玄関をくぐった瞬間、

「きゅうう」

愛らしい声で鳴きながら、よちよち歩きで近づいてくる栗色《くりいろ》の影を見てようやく、月影は空蝉の言っていた言葉を理解した。

そうだ！　そう言えば、ここには……と、思った時には、

「陽日様《はるひさま》っ！」

幸之助が弾んだ声を上げ、一目散に駆け出していた。

「お久しゅうございます。元気にしておられ……はは、くすぐったい！」

抱き上げられるなり、くるんと丸まった尻尾をはち切れんばかりに振りながら、幸之助の

頬をぺろぺろ舐《な》める。そんな陽日を、幸之助もぎゅっと抱き締めて、

「はい、私もお会いしとうございました」

満面の笑みを浮かべて、そんなことを言うものだから、月影は全身総毛立った。

（お、俺以外の男に抱きついて、そのような笑みを向けるとは……何たる不貞《ふてい》！　……はっ！　いやいやいやいや！）

落ち着け。赤子相手に、自分は何を考えている！

とにかく、陽日は黒星か誰かに見ていてもらおう。そうでないと、くつろげたものではない。

だが、陽日を追いかけてきた乳母《うば》に白夜たちのことを尋ねてみると、

「なにっ？　父上も叔父御も出かけたっ？」

「はい、急な呼び出しがありまして、朝早くに出られまして……あ」

青ざめる月影と陽日を抱っこしてデレデレしている幸之助を見比べ、乳母は何かを察したように声を漏らした。

「さ、さぁ、陽日様。おねむでございましょう？　そろそろお布団《ふとん》に…っ」

乳母は幸之助から陽日を取り上げようとした。しかし、陽日は小さな爪《つめ》を立てて幸之助にしがみつくと、いやいやと首を振って愚図《ぐず》り始めるではないか。そんなものだから、

「あの……しばらく私たちに、陽日様のお相手をさせてもらえないでしょうか？　陽日様もこうおっしゃっておられるので」

幸之助がとんでもないことを言い出した。

「え？　いえ……休養でお越しになったのに、そんなご面倒を……」

「面倒だなんてとんでもない！　ねぇ？　月影様」

ようやくこちらを向いたかと思うと、にこにこ笑いながらそんなことを聞いてくる。

（あ、あんなに、二人で過ごせるのが楽しみと言うておったに、どういうことじゃっ？　それにその顔！　いつも以上に愛らしい笑みで強請《ねだ》っておって！　ああ憎たらしい！）

と、胸の内では絶叫しまくっていたが、

「も……勿論《もちろん》！　よいに決まっておろう」

わなわな震える尻尾を後ろ手で鷲掴《わしづか》みながら、引きつった笑みで言葉を絞《しぼ》り出す。

今回、ここに来たのは幸之助のためだ。だったら、幸之助がしたいようにさせてやるのが道理だ。

（……大丈夫じゃ。兄上はすぐ遊び疲れて寝てしまう。ほんの少しの我慢……我慢じゃ！）

これを乗り切れば、幸之助との甘い夫婦水入らずの一時が待っている！

そう自分に言い聞かせ、月影は陽日の面倒を見ることを了承した。

しかし、その目論見《もくろみ》は大きく外れた。

いつまで経《た》っても、陽日が寝ないのだ。おまけに、陽日は幸之助にべったり張りついて、全然離れようとしない。そして、幸之助のほうも……、

「月影様、こうしてよくよく見てみると、陽日様は月影様の子どもの頃に似てますね！」

一応こちらに話しかけてはくるのだが、こちらを一切見ない上に、

「この肉球の感じとか、眠たそうにお目目をしぱしぱさせるところとか……」

「……白いところとかな」

「そうそう！　このふわふわした毛並なんかそっくり！」

こちらの話なんか全然聞いてない！

（何なのだ、何なのだ！　なにゆえ俺がかような仕打ちを受けねばならん！）

何度も叫び出しそうになった。

だが、月影は懸命に耐えた。ほら、見ろ。幸之助があんなに楽しそうに笑っている。それで十分ではないかと……いらいらするあまりのたうつ尻尾を抱き竦《すく》めて、耐えに耐える。

けれど――。

「あれ？　陽日様、何を持ってこられたのですか」

陽日が咥《くわ》えてきたのは、櫛だった。幸之助がそれを受け取ると、陽日は正座した幸之助の膝上《ひざうえ》によじ登って寝転がり、ぽっこりしたお腹を晒《さら》して「きゅぅう」と一声鳴いた。

そんな陽日と櫛を交互に見遣って、幸之助は破顔した。

「ああ、毛繕いですね？　はい、じゃあ綺麗《きれい》にしましょうね」

そう言って、櫛で陽日のお腹《なか》の毛を梳き始めた時にはもうたまらなくなって、月影は席を

立った。

幸之助には何も言わなかったし、どこへ行くのか尋ねてきても無視しようと思った。とても感じの悪いことだが、今口を開いたらろくでもない言葉しか出てこないと思ったから。

だが、月影が部屋を出る時、幸之助は振り返りもしなかった。その上、

「きゅぅうん」

「ああもう！　なんと愛らしい！」

腹の毛を櫛で梳かれ、気持ちよさそうな声を上げる陽日に身悶える。そんな幸之助に、震える唇を噛みしめると、月影は全力疾走《しっそう》で屋敷を飛び出した。

そして、今は使われていない古井戸まで駆けてくると、そこに勢いよく顔を突っ込んで、

「ヨ、ヨメの阿呆《あほう》っ！　毛繕いは俺にするのではなかったのかぁあ！」

盛大に怒鳴り上げる。

「赤子が何ほどのものぞ！　ただ小さいだけではないか。俺のほうが絶対可愛いはずっ」

怒りに任せ、まくしたてていた月影だったが、ふとあるものを目にし、はっと息を呑《の》んだ。

水面《みなも》に、井戸を覗《のぞ》き込む狗の顔が映っている。どうやら、気が動転し過ぎて、人型を保っていられなかったらしい。

水面に映るその顔を、月影はまじまじと見た。

鼻筋の通った高い鼻。切れ上がった鋭い目つき。どう猛《もう》な牙《きば》が見える大きな口。前足も、

馬鹿でかい上に、鋭利な爪と桃色の肉球が何ともちぐはぐで不格好だし、腹もきゅっと引き締まっていて、ぽっこり感などまるでなくて……可愛さなんて、欠片《かけら》も見つからない。

（あああ！　駄目じゃ。これでは到底、愛らしさの塊《かたまり》のような兄上に勝てぬ！）

絶望のあまり、月影は両の前足で目を覆《おお》い、地面に突《つ》っ伏《ぷ》した。

だが、しばらくして……しゅんと下げていた耳と尻尾をピンッと立て、顔を上げた。

（……待てよ？）

よくよく考えてみれば、なぜ自分が陽日と可愛さを張り合わなくてはならない。

自分は幸之助の夫なのだ。夫は雄々《おお》しく格好良く、頼もしく！　可愛さなど必要ない！

（ふ、ふん！　なんだ。悩むことなど何もなかったではないか。……だが、しかし）

そうなると、陽日ばかり構う幸之助を見ていられず、逃げ出してきた今の状況は非常にまずいのではないか？

赤子に妬くような狭量だけでも恥ずべきことなのに、それを態度に出すなど噴飯物《ふんぱんもの》だ。

陽日ばかり構う幸之助相手でも、でんと鷹揚《おうよう》に構えられるようにならなくては！　そう思って、早速練習してみるのだが、

「コホン！　ぬしはまこと、可愛いものが好きだのう。大事な夫をほっぽり出すぐらい。いや、実に結構結構……って！　違う違う。コホン！　兄上は愛らしいであろう？　昨夜、俺と二人で過ごすという約束を綺麗さっぱり忘れるくらい……いやぁ、愛らしさとはまこと罪

なもの……あああ」

駄目だ。いくらやっても嫌みになってしまう。

困った。これではとても、幸之助の元に戻ることなんてできない。

陽日を可愛がる幸之助を不快に思うなんて間違っている。そう、頭では分かっているのに、こちらを見ようともせず、誰かに夢中な幸之助を見ると、胸のあたりがムカムカして、息が詰まって……！

「くそっ……俺はなんと、心の狭い男なのだ」

人型に戻りながら、がっくりと肩を落とした時だ。

「ゴホゴホ……ああ、くそ。今日が見回りなんて、ついてねぇ」

ふと、耳に届いたその声。顔を上げると、月影が所属している魔物討伐隊の同僚の姿が見えた。口元を抑え、咳《せ》き込みながら歩いていて……ずいぶんと辛そうだ。しかも、

「ああ……誰か、代わってくれる奴いねぇかなぁ」

そんなことまで口にしているものだから、思わず、

「よいとも！」

そう叫んで立ち上がる。途端《とたん》、同僚が飛び上がった。

「つ、月影様っ？　なんでこんなところに……っ」

「そ、そのようなことどうでもよかろう！　それより、風邪《かぜ》を引いておるのに無理はよくな

いぞ。俺が代わってやる」

「え？　でも……月影様、今日は奥方様と休養に来られたのでは……わっ！」

「何を言うておる！　それよりもぬしの身が大事じゃ」

自分より一回り大きな同僚を軽々と横抱きに抱え上げ、月影は台所に走った。

「おい、誰かこやつに粥《かゆ》を作ってやってくれ。……ほら、ぬしは弓を貸せ」

「……本当に、申し訳ありません。でも、助かりま……ゴホゴホ」

「む……よ、よいよい、気にするな。養生《ようじょう》するのだぞ」

同僚の肩を叩くと、月影は足早に台所を出た。ここから逃げ出すダシに使ってすまないと、胸の内で同僚に詫《わ》びながら……。

けれど、どうしてもここにいたくなかった。

つまらない嫉妬《しっと》で取り乱す、みっともない自分を幸之助に見せたくないのは勿論のこと、苛立《いらだ》ちから幸之助に当たって、傷つけたくなかった。

幸之助には、できる限り優しくしたい。嬉しい、楽しい気持ちだけをやりたい。

なにせ幸之助は、自分の嫁で……生きる縁《よすが》だから――。


幸之助と知り合う前、この世のすべてが嫌いだった。

こんなに発育の悪い白狗は見たことがないと呆《あき》れる薬師《くすし》。あの子は十八まで生きられないだろうと噂《うわさ》し合う親戚。頻《しき》りに憐《あわ》れがる屋敷の者たち。

優しい笑みを浮かべながら、内心死ねばいいと思っている叔父。自分だけ「普通」に生まれてきた兄。こんな体に自分を生んだ両親……。

だが、一番……どうしようもなく嫌いだったのは自分。

皆と違う……そして、弱さの象徴である白い容姿も、病弱で非力な体も、自分を命がけで生んで死んでいった母親さえも「どうしてこんな体に生んだんだ」と憎む、醜《みにく》く腐《くさ》った心根も、何もかもが嫌いだった。

苦しかった。悲しかった。どうにかして、この現状を変えたかった。

だから、贄を喰いに里に下りた。

皆が、自分を馬鹿にするのも憐れむのも、自分自身が嫌いでしかたないのも全部、自分が弱いからいけないのだ。

贄を喰って、少しでも丈夫になれば、この苦しみから逃れられるはずだ、と。

そこで出会ったのが、幸之助だった。

何も知らない幸之助は、狗神の世界では忌《い》まわしいものでしかない、白い毛も脆弱な体も特別視したりしなかった。

ただの白い子犬として……いや、それ以上、まるで自分と同じ人間のように同等に扱い、大事にしてくれた。

犬相手におかしな人間だと思ったけれど、今まで憐れみと侮蔑《ぶべつ》の感情しか向けられたことがなかった月影にとって、幸之助の接し方には心が安らいだし、とても嬉しかった。

——雪《ゆき》、大好きだよ。だから……ずっと、わたしのそばにいてね。

自分も大好きだ。ずっと、一緒にいたいと思うくらい。でも……。

——雪、わたしの旦那《だんな》さまになる山神さまって、どんな方かなぁ？

幸之助には許嫁《いいなづけ》がいた。しかも相手は、自分の主君に当たる山神だ。

山神が人間の嫁を娶《めと》るなんて聞いたことがなかったが、月影はすんなりと信じた。

——きっと素敵な神さまだよね？　こんなにきれいなたんぽぽ、いっぱい咲かせてくれるんだもの。いい家族になれるといいな。

山神が人間でもいいから嫁に欲しいと思うのも無理はない。幸之助はこんなにも可愛いから……と、思ってしまったから。

けれど、そう思えば思うほど、心が苦しくなった。

この可愛い人間を、山神にも……誰にも渡したくない。自分だけのものにしたい。

——山神さま、おかえりなさいませ！　今日も一日、ごくろうさまです。今日のお夕飯は、お味噌汁とご飯と……ひゃぁ！　雪、だめ！　お食事中に顔舐めちゃ……ふふ。……うん、わたしも雪が大好き。

（こんなに俺たち仲良しなのに……なんで、こいつは俺のじゃないんだろう）

……なんて、幸之助を押し倒し、顔中を舐め回しながら、無邪気に考えていた。

ある日、里長に、

——狗神様の贄であるあの子には、お前は邪魔なんだ。だから……許してくれ！

そう言って、殺されかけるまでは。

最初は、意味が分からなかった。今まで、里の贄たちは狗神の力になることに誇りを持ち、喜んで身を捧げると聞かされてきたから。

（なぜ、神嫁などと嘘《うそ》を吐《つ》くのです？　あの子はあんなにも一生懸命、花嫁修業してるのに……可哀想《かわいそう》です！）

里長から逃げる途中、偶然居合わせた白夜に連れられ屋敷に戻った後、そう尋ねると、白夜は顔を背《そむ》けながらこう言った。贄のためだ。十八になったら喰われると思うより、嫁に行くと思っていたほうが、それまでの人生が幸せだからと。

しかし、月影は納得がいかなかった。

あんなにも山神を信じ、立派な嫁になろうと頑張っている幸之助が、最期は狗神の自分に喰われて幸せ？　そんなわけ、あるはずがない。

なぜ、騙《だま》さなければならない？　なぜ、真実を明かさない？

不思議でしかたなくて、月影は人間のことを調べ始めた。

そして、浮かび上がってきたのは……人間が神から離れていくという時代の流れと、自分がようやく「普通」になれる、五人目の贄を捧げられる二五〇年後には、人間から贄を出してもらえなくなるという結論。

この現実を、いきなり突きつけられていたら、自分はどう思っただろう。

きっと、受け入れられなかったに違いない。単なる憶測《おくそく》で、贄の儀を取りやめるなんて馬鹿げてると言い張り、何が何でも贄を喰おうとしたはずだ。

また、贄を喰うことを思いとどまったとしても、この病弱で貧弱な体のまま、誰よりも早く醜く年老いて死んでいく未来に、何の希望も持つことができず、絶望しただろう。

そして、今まで以上に周囲や己の運命を呪《のろ》い、そんな自分にますます嫌悪して……もしかしたら、以津真天のような化け物になっていたかもしれない。

そうならなかったのは、ひとえに幸之助のおかげだった。

自分の力で神様を幸せにしたいという幸之助の思いをよく知っていたから、人間は神を嫌いになったのではない。神に頼りっぱなしの弱い心から、神をも自分の力で支えたいと思える強い心に変わりつつあるのだと、受け止めることができて……覚悟を決めることができた。

自分は、生涯《しょうがい》白狗として生きていく。その上で、立派な狗神となり、胸を張って幸之助を娶り、幸せにするのだ。

そうすれば、自分のような者の一生でも、意味のあるものになるはずだと。

そう決意してからは、なりふり構わなかった。白狗だから、なんて言い訳は一切封印し、武芸や術の稽古《けいこ》に没頭した。

道は決して平坦《へいたん》ではなかった。

気持ちに体がついていかなかったり、周囲に自分の考えが理解されず疎《うと》まれたり、こんなに頑張っても、自分はすぐに老いて死んでしまうという現実に押し潰《つぶ》されそうになったり……何度も挫《くじ》けそうになった。

しかしそのたびに、月影は花嫁修業を頑張っている幸之助の姿を思い出した。

自分はあの愛らしい花嫁の気持ちに応える。立派な婿《むこ》になって、幸之助の家族になるのだ。

そう思ったら、いくらだって頑張れたし、恐ろしい化け物に立ち向かうのも怖くなかった。

十年ぶりに再会し、幸之助が正式に自分の嫁になってからも、それは変わらず……いや、今まで以上に、その気持ちは強くなった。

幸之助は本当にいい嫁だった。

働き者で、飯が美味《うま》くて、可愛くて、何より……自分をより一層夢中にさせてくれた。

幸之助を好きになればなるほど、自分は自分の運命を好きになれる。

白狗に生まれたことも、自分が生まれた時代が、人間から贄を出されなくなる転換期だったことも……今まで、嫌でしょうがなかったことが、そういう星の下に生まれたからこそ、幸之助と巡《めぐ》り会うことができて、喰い殺すのではなく娶ることを許されたのだと思えば、これでよかったのだと思えて……こんな身でも、幸之助を幸せにするためなら頑張らなければとやる気が出る。

こんな嫁をもらえて、自分は果報者だ。毎日が幸せで幸せでしかたない。

それなのに、自分ときたら……苦労させてばかりか、幼稚《ようち》な嫉妬をして狼狽《うろた》える始末だ。

こんなにもたくさん幸せにしてもらっているのだから、幸之助のことも自分に負けないくらい幸せにしたいと心の底から思っているのに、なんと情けない。

(むむう……このままでは駄目じゃ!)

帰ったら、今度こそ鷹揚で寛大《かんだい》な夫になる! 絶対なる! と、決意を固めたのだが……。

「ねぇんねんころりよ。おころりよ」

思いのほか見回りの仕事が長引いてしまい、深夜こっそり部屋に戻ると、

「ぼうやはよいこだ、ねんねしな」

幸之助が眠っている陽日に添い寝して、子守唄《こもりうた》を歌っていたものだから、ようやく取り戻した平常心はどこかへ吹っ飛び、体中の血液が一気に沸騰《ふっとう》した。

「ぼうやのお守りは、どこ行った……あ」

襖《ふすま》を開けた体勢のまま固まっている月影に気がついた幸之助が、陽日に気遣《きづか》うように起き上がると、小さく笑いながら近づいてきた。

「お帰りなさいませ。お仕事ご苦労様です」

いつものように、三つ指をついて恭《うやうや》しく出迎えてくれたが、

（お、俺以外の男と同衾《どうきん》するとは何たる裏切りっ！）

思わず、そう絶叫しそうになった。だが、すんでのところで踏みとどまる。

落ち着け。寛大な夫になると、ついさっき決意したばかりではないか。

「あ……ぬ、ぬしこそ、今まで兄上の面倒を見ておったのか？　悪かったのう」

じたばた暴れる尻尾を後ろ手で押さえつけながら、不明瞭《ふめいりょう》な声で労をねぎらう。すると、幸之助は「とんでもありません！」と顔を上げ、

「陽日様はとてもいい子でいらっしゃいました。さっきもね、私の言葉が分かってるみたいに、『きゅうきゅう！』って、答えてくださいまして」

目をキラキラさせながら、陽日をべた褒《ぼ》めし始めるので、月影は「げっ」と声を漏らしそうになった。まずい。完全に墓穴を掘った！

「そ、そうか。楽しかったようで何よりじゃ。なら……いっそ今宵《こよい》は一緒に寝たらどうだ」

「……え」

何とか振り絞って出したその言葉に、幸之助が目を見開く。

とても驚いているようだが、どうせすぐに目を輝かせて「よろしいのですか！」と喜ぶのが目に見えていたから、月影は即座に踵を返した。

「うん！　それがよい。そうしろ。そのほうが、ぬしも嬉しかろう」

「あ、あの……待ってください！　月影様は、どこへ……っ」

問いかけの途中で襖を閉め、月影は脱兎《だっと》のごとく逃げ出した。

これ以上ここにいたら、「寛大な夫」のぼろが出てしまいそうだったから。


（あ……あれで、よかったのだろうか？）

その後、別の部屋で布団に潜《もぐ》り込んだ月影は、先ほどの自分を反芻《はんすう》した。

ちゃんと、寛大な夫を演じられただろうか？　……いや、大丈夫なはずだ。怒鳴らなかったし、幸之助の好きなようにさせてもやった。完璧《かんぺき》だ！　……しかし。

（赤子で兄上とはいえ、他の男と寝ろと言うのは、夫としてどう……いや！　よいのだ）

それで幸之助が喜ぶのなら、自分の体裁《ていさい》だの、気持ちだの、どうでもいいではないか。

（あやつは可愛いものが好きだが、俺は可愛くないからのう。詮無《せんな》いことじゃ。しかし……早く、あやつが嬉しいと思うことを、ともに喜べるようになりたいものじゃ）

いつも当然のようにある幸之助の温《ぬく》もりがないせいか、今日はやけに寒く感じられて、尻尾で体をくるむようにしながら体を丸めた……その時。小さな物音が耳に届いた。

振り返り、月影は目を見張った。枕を抱えた幸之助が部屋に入ってくるのが見えたからだ。

「……いかがした」

「……私も、ここで寝ます」

俯いて、枕を抱き竦めながらそう言う幸之助に、月影は思い切り首を捻る。

「むう？　なにゆえじゃ」

本気で分からなくて聞き返す。

幸之助がはっとしたように顔を上げる。その顔は、今にも泣き出しそうなほど歪《ゆが》んでいる。

「なにゆえって、そんな……そんなのっ、月影様と寝たいからに決まってるでしょうっ！」

そう声を荒げたかと思うと、幸之助は枕を投げ捨て、体当たりする勢いで月影に抱きついてきた。

「幸之助は……一回でも多く、月影様と一緒に寝たいのです。それなのに……月影様は違うのですね！」

驚きのあまり目を白黒させる月影にぎゅっとしがみつき、そんなことを言い出す。

「きょ、今日だって、一日中一緒にいてくださるとおっしゃっていたのにっ！　……い、いえ、それはお仕事ですから、しかたないです。けど、今は……こうして一つ屋根の下にいるのに、別々に寝ようだなんて！　少しでも一緒にいたいと思っているのは、私だけなのですか……っ！」

いつもの温厚さが嘘のように、感情的に責め立ててくる幸之助を、月影は無理矢理引き剝《は》がした。そして、思わず——。

「そ、そのように俺にべた惚れなら、なにゆえ俺を放っておいたのだっ？」

「……は？」

「『は？』ではない！　なんだ、兄上ばかり構いおって！　俺のほうを見ようともしないばかりか、俺が席を立っても気づきもしないで……何なのだっ！　昨夜、ずっと一緒に過ごそうだの、ひなたぼっこしながら毛繕いしようだの申しておったくせに。俺がどれだけ楽しみにしておったと思って……ああっ！」

慌てて口を押えたが、遅かった。幸之助がぽかんと口を開いて、呆然とこちらを見つめてくる。……もしかして、呆れられた？

「ああ……い、今のは違うのだ！　別に、妬《や》いたとかそういうことでは断じてない。赤子に嫉妬など、するわけが……っ」

耳と尻尾をばたつかせながら、しどろもどろに弁明する。すると、

「……かわいい」

「む？　そ、そうそう……可愛いのだ！　ゆえに……は？　可愛い？　……っ！」

珍妙な単語にふと顔を上げ、月影はぎょっとした。

幸之助がこれ以上ないほどに顔を輝かせ、両頬を鷲掴んできたからだ。

「もっと……もっと、焼《や》き餅《もち》を妬いた月影様のお顔を見せてくださいっ。……ああ、こんなにお顔を真っ赤にされて！　なんと可愛い！」

月影の顔を覗き込み、そう言ってはしゃぐ幸之助に、月影は激しく狼狽《ろうばい》した。

幸之助の「可愛い」の定義が分からない。今の自分の、どこがどう可愛いというのだ。

赤子に妬いたことが嫁にばれて、慌てまくる夫なんて、みっともないったらない……と、
そこまで考えたところで、月影は今更《いまさら》ながら、己が猛烈《もうれつ》に恥《は》ずかしくなってきて、

「……わっ」

「と、とにかく俺を見るな！　嫉妬する男など、女々《めめ》しくて醜いだけぞ」

顔だけ狗型に変化させ、月影はぷいっとそっぽを向いた。

「そんな……じゃあ月影様は、私が焼き餅を妬いたら、女々しくて醜いと思うのですか？」

「むむ？　馬鹿を申すな。ぬしは可愛いからよい！　じゃんじゃん妬け。だが、俺は駄目だ。

夫は嫁に弱いところを見せぬものだ！」

そう言って、月影は自分の上に乗った幸之助を押しのけると、頭から布団を被《かぶ》った。

「ゆえに、今宵はぬしと寝ぬ！　……ま、待っておれ。明日までには立て直すゆえ！」

布団からはみ出た尻尾で、畳《たたみ》をべしべし叩きながら宣言する。

そんな月影に幸之助は目を丸くした。だが、ふと苦笑したかと思うと、「愛しい月影様」

と月影が被った布団ごと、月影に抱きついてきた。

「幸之助が一番に思っているのは月影様です。だからどうぞ、機嫌を直してください」

「……ふ、ふん！　妬く俺を見て、面白がっておったくせに。なんだ、その掌《てのひら》返しは」

本当は心臓が口から飛び出しそうなほどドキドキしたが、努めて素《そ》っ気《け》ない言い草をすると、ますます強くしがみつかれる。

「妬かせると、月影様が逃げてしまうでしょう？　確かに妬いていただけるのは嬉しいし、妬いた月影様は可愛いですけど、やっぱり……私も、月影様がよくないといいと思えない」

「……」

「昼間のことは謝ります。陽日様が見れば見るほど、雪……月影様の幼い頃にそっくりだったから、舞い上がってしまったのと……早く陽日様と仲良くならねばと、焦《あせ》ってしまって」

「……焦る？」

妙な単語に思わず聞き返すと、幸之助は「だって」と少々拗《す》ねた声を漏らした。

「月影様と陽日様、とても仲がよろしいではないですか。こ、この前も、お二人だけで楽しそうになさって……！　だから、このままだと私はまた放っておかれると思って……っ！」

聞き捨てならない言葉に、月影は布団から飛び起きた。

「そ、それは……つまり、ぬしは俺と兄上の仲を妬いていたと申すか？」

「や、妬いたと言いますか……私はただ、お二人の邪魔にならず、三人で楽しく過ごせたらと思って……だから……っ」

真っ赤な顔を俯けて言う幸之助の両頬を、月影は鷲掴んだ。

「顔をよく見せい。くうう！　これがぬしの妬いた顔か！　なんと愛らしい……っ」

「や、妬いてません！」

月影の手を振り払って、幸之助が赤い頬を膨《ふく》らませる。それがまた何とも可愛くて、月影は幸之助を抱き締めた。

「俺を独り占めしたいなら、遠慮せず申せ。ぬしが呼べば、俺はすぐ来てやるぞ」

自分の腕にすっぽりと入る小さな体をぎゅうぎゅう抱き締めて囁《ささや》く。そんな月影に、幸之助は小さく笑いながら「大丈夫です」と言って、月影の胸に頬を寄せてくる。

「むう？　強がるな。兄上に遠慮しておったくせに」

「遠慮じゃありません。私は、陽日様と……いいえ、陽日様だけじゃない。月影様が大事に思われている方たちに好かれ、認められたいのです。私がいるから、月影様は幸せだ。全然……可哀想じゃないって」

その言葉に、月影は思わず身を離し、幸之助を見た。

幸之助は真《ま》っ直《す》ぐとこちらを見ている。何か強い思いを秘めた、揺るぎない瞳で。

「今日一日ここで過ごして、改めて思いました。ここの方々は皆、月影様を思うあまり、必要以上に月影様に気を遣われていると。……月影様は、それがお辛いのでしょう？　大好きな皆様に悲しい思いをさせてしまう自分が、やるせなくて……だから、弱音も弱みも、一切お見せになろうとしない。これ以上、可哀想と思われたくないから」

月影はかすかに息を呑んだ。自分の心の奥底を、覗き込まれた気がしたからだ。

そうだ……自分は、ずっと辛かった。

自分自身で自分を不幸と決めつけていたあの頃はともかく、幸之助といういい伴侶《はんりょ》を得て、幸せだと思える今も、この世で一番不幸だと言わんばかりの、悲しげな目を向けられると、身を切られる思いがするのだ。

自分の存在は、相手にとって……こんな顔をさせるほど、苦痛な存在でしかないのかと。

だから、必死に明るく笑って、自分は幸せだと訴えるのだ。可哀想だなんて思わないでくれ。そんな顔をしないでくれと、叫ぶ代わりに……。

そんな……誰にも打ち明けたことがないこの寂しい心を、幸之助は知っていたというのか。知って……その上で、

「私も頑張ります。月影様は可哀想じゃないって、皆様に分からせてやりましょう」

そんなことを、こんなにも優しい笑顔で言う。

「だからね……だから、どうか……私にまで、強がるのはやめてください。私は、月影様の嫁なんですから……っ」

幸之助が息を詰める。月影が突然乱暴に引き寄せ、強く抱き締めたからだ。

だが、それだけではとても足《た》りなくて、月影は狗型に変化させていた顔を元に戻すと、幸之助の口に噛みついた。

「ぬしは、どこまで俺を骨抜きにする気だ。これでは、格好のつけようもないではないか！」

小さな体を掻き抱《いだ》きながら詰ると、幸之助にますますしがみつかれる。

「あ……ん、ぅ……いや、です。骨だけ、なんて！　……全部、ください。月影様の、全部……幸之助に……はぁっ、……ふぅ」

もう、たまらなかった。

今すぐ、この男が欲しい。どろどろに溶け合って、一つになりたい。

その衝動の赴くまま、月影は幸之助を布団に押し倒した。狂おしげに「幸之助、幸之助」と名前を呼びながら、幸之助の帯に手をかけた……その時。

「きゅうう」

ふと聞こえた、愛らしい鳴き声。慌《あわ》てて顔を上げ、月影は「ぎゃっ」と声を上げた。

自分たちの姿をまじまじと見つめる、陽日と空蟬の姿があったからだ。

「な、なにゆえ、ぬしらがここにおるっ？」

月影に口づけられ、とろんとした幸之助を急いで布団で隠しながら怒鳴ると、空蟬はカアカアと二声鳴いた。

「はい、奥方様に放って置かれて拗ねた坊ちゃまを嗤《わら》いに……もとい、慰《なぐさ》めに参りました。しかし、私の出る幕はなかったようで……結構なことでございます」

「違う違う！　俺は、そこで兄上まで引っ張ってきて何をしておるのか聞いておる」

「英才教育でございます。早いうちから、こういうことに触れておけば、坊ちゃまのような甲斐性《かいしょう》なしの童貞《どうてい》になることはないと思いまして」

素知らぬ顔でそんなことを言う空蟬に、月影は全身の毛を逆立てた。

「何が英才教育だ！　そ、それに、俺はもう童貞ではない！　ヨメのおかげで立派に独り立ちして……っ」

と、月影が空蟬を怒鳴り散らしていると、膝に何か感触を覚えた。見てみると、そこにははち切れんばかりに尻尾を振りながら、こちらを見上げる陽日の姿があった。

「つい、かえ……ついかえ！」

まだまだ拙《つたな》い人語で月影の名を呼びながら、小さな身をすり寄せてくる。

それを見て、幸之助が笑う。

「よかったですね、陽日様。ようやく、月影様の元に辿《たど》り着けて」

「む？　ようやく？」

「月影様が出かけられた後、陽日様はずっと、月影様のことを探してらしたんですよ？『ついかえ、ついかえ』って。でも、いくら呼んでも返事がないから、泣き出されて」

宥《なだ》めるのが大変だったんですよ。そう言われ、月影はもう一度陽日を見た。

月影の膝上に乗り上げた陽日は、早く撫《な》でてくれと言わんばかりに甘えた声を上げながら、月影の顔めがけて飛び跳ねてくる。

その姿に苦笑して、月影は陽日を抱き締めた。

「……申し訳ありません、兄上。意地が悪いなどと思うて」

陽日にだけ聞こえる声で囁くと、陽日はそれに応えるように「きゅう」と一声鳴いて、大きな欠伸《あくび》をした。それに、月影は笑ってこう言った。

「兄上、今宵は一緒に寝ましょうか」

「えっ」と言う声が耳に届く。見ると、幸之助が目を大きく見開いてこちらを見ていた。そんな幸之助に、月影は陽日とともに布団に横になりながら笑いかけて、

「無論、ぬしもじゃ」

そう言ってやると、幸之助は満面の笑みを浮かべて「はい！」と深く頷いて、嬉しそうに布団の中に入ってきた。

「おやおや……それでは、ついでに私も」

空蟬までそう言って、早速布団の上に蹲《うずくま》る。

いつもなら、「なんで、ぬしも……」という邪険な言葉が出ていただろう。だが、今は不思議と、そういうことを言う気になれなかった。

それどころか、足に空蟬の重みを感じると、妙に温かい気持ちになって……。

不思議なことだと思っていると、幸之助が手を握《にぎ》ってきた。

「皆、月影様のことが大好きです。だから、できるだけたくさん幸せになりましょうね」

そんな言葉とともに、幸之助と陽日たちの温もりを感じると……確かに、幸之助と二人き

りで眠る夜も幸せだけど、これはこれでとても幸せだと思えて、胸が詰まった。

幸之助に出会う前、この世のすべてが嫌いだった。

嫌いな相手も大好きな相手も、自分自身でさえも大嫌いで、誰もかもが辛い顔や意地悪な顔ばかり浮かべていて……辛くてしかたなかった。そんな自分に、

——だいじょうぶ。わたしが、助けてあげるからね。

幸之助はそんな言葉とともに、手を差し伸べてくれた。

そして、今は……誰も彼もが笑顔で、世界は柔らかく自分を包み込んでくれる。まるで、幸之助の大好きなたんぽぽが咲き乱れる、陽だまりの野原のように温かく、優しく——。

そんな世界が、どうしようもなく綺麗で、愛おしくて……ああ。

「……まことに、助けてくれたのう」

「何ですか？」

「いや……」

幸之助が、自分の嫁で本当によかった。心の底からそう思いながら、月影は自分の手を握る、幸之助の小さな手を笑顔で握り返した。

「ともに、幸せになろうな」

あとがき

はじめまして、こんにちは。雨月夜道と申します。このたびは、拙作「狗神さまは愛妻家」をお手に取っていただき、ありがとうございます。

「六芦先生の絵で花嫁ものなんてどうでしょう?」編集様のこの言葉からスタートしたこのお話。花嫁ものも初めてなら、最初からイラストが決まった状態で話を考えるやり方も初めてで、さてどうしたものだろうと、一時途方に暮れたりしたものですが――。

……そうだ。ちょっと想像してみよう。ドキドキしながら花嫁のベール（または綿帽子）を上げたら、六芦先生が描かれた、恥じらう可愛い子ちゃんの顔があった。……どう思う?

そりゃあもう、「ひゃっほう!」と奇声を発して狂喜乱舞だろう! と、思った瞬間、今回の攻、月影のキャラ性格が七割くらい決まってしまいました。そしてそこから先は、月影に引っ張られるまま、あれよあれよという間に今の話が出来上がっていきました。

ここまで素直に、「大好きだ!」を漲らせる攻は初めて書きましたが、彼のおかげで結構重い設定にも関わらず、とても明るく楽しく書けました。素直って、ホントに素晴らしい!

対する幸之助。初めての花嫁ものなんだから、夫を立てて支える、奥ゆかしい良妻タイプを目指したはずだったんですが、気がつくとやたら男らしい性格になっててビックリ。挙句の果てには、あんなものまでぶっ放して……ホント、どうしてこうなった。

と、最終的にはやっぱり好き勝手書いてしまったわけですが、そんな本作にイラストをつけてくださった六芦先生。私が想像していた以上に可愛い幸之助と月影を描いてくださいました。表紙なんか幸せいっぱいで、今にもポポポポン！　と、鼓の音が聞こえてきそうです。また、チビワンコがあまりにも可愛くて……もふもふ感、ピンッと立った尻尾がたまりません！　本当にありがとうございます。

そして、そんな六芦先生と巡り会わせてくださいました編集様。以津真天みたいな妖怪出したり、戦闘シーン入れたりとやりたい放題だった上に、時代考証その他諸々ご迷惑をおかけしてしまいましたが、最後まで面倒見ていただきありがとうございました。おかげさまで無事、この話を形にすることができました！

今回も一緒に頭を悩ませてくれた友人たちにも感謝であります。

最後に、ここまで読んでくださった皆さま、ありがとうございました。頑張り屋のたんぽぽ夫婦を、少しでも楽しんでいただけますと幸いです。

それでは、またお目にかかれることを願っております。

二〇一四年一〇月　　雨月夜道

✦初出　狗神さまは愛妻家……書き下ろし
可愛い旦那さまは愛される…書き下ろし

雨月夜道先生、六芦かえで先生へのお便り、本作品に関するご意見、ご感想などは
〒151-0051 東京都渋谷区千駄ヶ谷 4-9-7
幻冬舎コミックス　ルチル文庫「狗神さまは愛妻家」係まで。

幻冬舎ルチル文庫
狗神さまは愛妻家

2014年10月20日　第1刷発行

✦著者　雨月夜道　うげつ やどう

✦発行人　伊藤嘉彦

✦発行元　株式会社 幻冬舎コミックス
〒151-0051 東京都渋谷区千駄ヶ谷 4-9-7
電話 03(5411)6431[編集]

✦発売元　株式会社 幻冬舎
〒151-0051 東京都渋谷区千駄ヶ谷 4-9-7
電話 03(5411)6222[営業]
振替 00120-8-767643

✦印刷・製本所　中央精版印刷株式会社

✦検印廃止

ISBN978-4-344-83255-8　C0193　Printed in Japan